¿QUIÉN ME ASESINÓ?

UN CASO SOBRENATURAL DE LA DETECTIVE
CAMILLE

LOS THRILLERS DEL UMBRAL
LIBRO 1

ADRIÁN Y MIGUEL ARAGÓN

Redes sociales de los autores:

amazon.com/author/autoresaragon
goodreads.com/autoresaragon
instagram.com/autoresaragon
facebook.com/autoresaragon

Obtén una copia digital GRATIS de *Emboscada*: Max Cornell thrillers de acción n.º 1 y mantente informado sobre futuras publicaciones de los autores. Suscríbete en este enlace: https://www.autopublicamos.com/emboscada

ÍNDICE

Prólogo	1
Capítulo 1	3
Capítulo 2	7
Capítulo 3	16
Capítulo 4	22
Capítulo 5	29
Capítulo 6	32
Capítulo 7	35
Capítulo 8	37
Capítulo 9	51
Capítulo 10	57
Capítulo 11	71
Capítulo 12	73
Capítulo 13	78
Capítulo 14	87
Capítulo 15	91
Capítulo 16	96
Capítulo 17	101
Capítulo 18	102
Capítulo 19	108
Capítulo 20	113
Capítulo 21	116
Capítulo 22	119
Capítulo 23	126
Capítulo 24	128
Capítulo 25	134
Capítulo 26	136
Capítulo 27	142
Capítulo 28	144
Capítulo 29	146
Capítulo 30	149
Capítulo 31	152
Capítulo 32	156
Capítulo 33	159
Capítulo 34	165

Capítulo 35   169
Capítulo 36   171
Capítulo 37   173
Capítulo 38   178
Capítulo 39   183

Nota de los autores   191

PRÓLOGO

Transcurría una noche tranquila en las carreteras secundarias al norte del condado de Nueva York. Las luces de la gran ciudad bañaban el horizonte y desprendían sobre el cielo una tenue y extraña claridad que, vista desde donde él estaba, la asemejaba a una mancha lechosa. Tal era la calma que, en ciertos momentos, la brisa arrastraba consigo el murmullo de la ciudad. Podía oír los pitidos de los coches, el gentío, las sirenas de la Policía que bramaban con urgencia en la lejanía, pero nada que pudiera sorprenderlo. La tranquilidad reinaba a su alrededor y eso le era suficiente.

Lo había hecho bien, rápido y en silencio. Aún le temblaban un poco las manos, pero al menos las tenía impolutas: la sangre seca era difícil de limpiar. Miró al espejo retrovisor y se regocijó al ver como la carretera que dejaba a sus espaldas se sumía en un mar de oscuridad que lo separaba cada vez más de la ciudad de Nueva York, como si todos los peligros que pudieran acecharle tuvieran su origen en aquella muralla de rascacielos.

Era tarde. No lo sabía con exactitud, pero intuía que la medianoche había quedado atrás hacía un par de horas. Concretamente, eran las tres menos cinco de la madrugada.

Miró de nuevo al espejo y corroboró que no había nadie tras él. De hecho, la luz más cercana a su posición se situaba a no menos de un kilómetro. Era la granja de cerdos de Helmer. Sabía que a las cuatro y media de la mañana comenzaban a llevar a los animales al matadero. Cuando se iba acercando la hora, los cerdos empezaban a chillar, como si intuyesen el final, al igual que lo hizo la joven que llevaba muerta en el maletero. Sus gritos de terror resonaban en su cabeza.

Un escalofrío de placer recorrió su cuerpo. Había cumplido su palabra.

—Es aquí —dijo girando levemente el volante y deteniendo el coche en la cuneta. Apagó el motor y el silencio volvió a reinar. Se bajó y fue hasta el maletero. Al abrirlo vio el cuerpo ensangrentado de la joven, la mirada perdida hacia ninguna parte y la boca inerte medio abierta.

No quería mancharse. Así que volvió a la parte delantera del coche y cogió una vieja camiseta que llevaba en la guantera. Después rehízo sus pasos hacia el maletero y, utilizando la camiseta a modo de guantes improvisados, sacó el cadáver y lo arrastró hacia el suelo. Pensó en escupirle. Fue un arrebato de odio y desprecio que pudo controlar en el último momento.

Segundos después, las luces traseras del vehículo se diluían en la penumbra de la noche y la joven sin vida, abandonada junto a la carretera 47 del norte del condado de Nueva York, desaparecía bajo el manto de la oscuridad.

CAPÍTULO 1

ABIGAIL THOMPSON solo pensaba en llegar a la salida del callejón, allí donde este desembocaba en una calle concurrida en la que podría pedir auxilio, como a unos cien metros delante de ella. Corría a toda velocidad, procurando no tropezar con la basura y las cajas de cartón arrojadas sin miramientos por tiendas y restaurantes. Abigail se ayudaba con las manos cuando era necesario y tratando de no perder ni un ápice de velocidad. Un hombre la perseguía y estaba cada vez más cerca.

Su mente, sus sentidos y su plena consciencia estaban enfocados en huir, no había lugar para pensar otra cosa. Pero, mientras corría desesperada, tuvo la repentina idea de que no sabía ni qué estaba haciendo en ese decrépito callejón del East Side de Nueva York ni quién era el hombre que iba tras ella. Sin embargo, al mismo tiempo, algo le decía que tenía que escapar; correr hasta que estuviera a salvo.

Al fin, dejó el callejón atrás y gritó pidiendo ayuda, pero toda la atención que consiguió fue la de un par de miradas reprobatorias que lejos estaban de brindarle ninguna ayuda. Se había detenido en mitad de la calle, exhausta, cuando se giró hacia el callejón. Ahí estaba el hombre que la perseguía, podía distinguir su figura entre la sombra de los edificios. De repente, abandonó la oscuridad y comenzó a caminar hacia ella.

Abigail negó con la cabeza y cerró los ojos. No podía más. Sin embargo, la fortuna se puso de su lado. Un taxi que circulaba a toda velocidad no se percató de ella hasta el último momento, teniendo que frenar en seco.

—Pero ¿qué demonios? —gritó el taxista.

El despiste debía ser la tónica general esa mañana, pues otro coche que venía tras el taxi tuvo que maniobrar bruscamente e invadir el carril contrario, justo donde estaba el hombre que perseguía a Abigail. Este dio varios pasos hacia atrás y ella comprendió que quizás tenía alguna oportunidad para escapar. Sin perder ni un segundo, la mujer comenzó a correr, pero esta vez con un plan en la mente que le permitiese escapar.

Se dirigió a la estación de metro más cercana, confiando en poder despistar a su perseguidor entre la multitud que se agolpaba en los andenes y las decenas de líneas que salían cada pocos minutos. Todo lo que había ocurrido en la calle con los coches le había facilitado la ventaja necesaria para ello. Por fin, vio la estación y se dirigió a las escaleras mecánicas, donde un denso río humano se deslizaba espesamente hacia la planta inferior. Frenética, se dio la vuelta y bajó por las escaleras fijas a toda velocidad, dispuesta a aprovechar la oportunidad de escapar de ese hombre. Pero quiso saber si seguía tras ella y ese fue su error. Al mirar hacia atrás, perdió el equilibrio. Estaba a pocos pasos de llegar al nivel inferior cuando tropezó, volando sobre la última tanda de escalones y aterrizando con su cabeza en el suelo.

El golpe fue duro, pero más que dolor, estaba aturdida.

—No se puede beber tan temprano —escuchó decir, así como varias carcajadas y el sonido de los móviles al fotografiarla. Pero eso no le importaba lo más mínimo. Se dio la vuelta y vio como el hombre caminaba hacia ella con paso decidido, sin correr y portando una desconcertante mueca en el rostro. «Se acabó», pensó.

Entonces ocurrió algo. El hombre se detuvo en seco y clavó la mirada más allá de Abigail. Parecía desconcertado. Hizo el amago de dirigirse nuevamente hacia ella, pero en vez de eso, permaneció quieto, en tensión. Abigail pensó que a sus espaldas debía haber un agente de policía o algo por el estilo, y con todas sus esperanzas en ello se giró, pero allí solo había gente que iba y venía, ajena a lo que estaba ocurriendo. Miró de nuevo al hombre y vio como este comenzaba a alejarse. Fue entonces cuando se percató de que junto a ella, acercándose lentamente, había un gato que acabó por sentarse a escasos centímetros de su cuerpo. Abigail lo observó y sintió el impulso de cogerlo entre sus brazos sin saber de dónde había salido o a quién le pertenecía. Al hacerlo, el hombre farfulló algo sin sentido, un ruido que no supo identificar o se pareciese a ningún idioma que ella hubiera escuchado antes. Mientras tanto, el gato, en sus brazos, miraba fijamente a aquel hombre y tras un bufido, este acabó por marcharse.

Abigail no comprendía lo que estaba ocurriendo. Se levantó y permaneció unos minutos con el gato en brazos, acariciando su suave pelaje negro. No sabía por qué, pero se sentía a salvo, tranquila. Entonces, el gato comenzó a retorcerse en sus brazos y ella lo puso en el suelo. El animal comenzó a caminar despacio, pero tras unos pocos pasos giró su pequeña cabeza hacia Abigail.

—¿Qué es lo que quieres, gatito? —dijo.

Este retomó la marcha y ella decidió seguirlo. No se le ocurría otra cosa mejor que hacer. Al menos, tenía la certeza de que a ese hombre no le gustaban los gatos, por lo que no la molestaría siempre y cuando estuviera junto a él. Así, con el gato encabezando la marcha, salió de la estación. Abigail estaba confusa, casi febril, pero por nada del mundo iba a separarse del felino. Lo siguió durante veinte minutos, hasta que advirtió que el gato parecía dirigirse a Central Park.

El día despejado y el sol radiante de la mañana invitaban a pasear por el parque, por lo que Abigail no lo vio con malos ojos. Su vida y su atención se centraban por completo en el animal. Llegaron hasta un árbol apartado del camino principal del parque y el gato se sentó junto al tronco; Abigail lo imitó y apoyó su espalda contra la parte inferior del árbol.

—Creo que ya tienes dueña —le dijo. Después lo cogió y se lo puso en el regazo. Y así, bañada tímidamente por la cálida luz del sol y sintiéndose a salvo, Abigail Thompson cayó en un profundo sueño.

CAPÍTULO 2

EL BRILLO solar se hizo notar bajo los párpados un rato después, despertando a Abigail. Los rayos incidían directamente sobre sus ojos, cegándola durante los primeros segundos y no viendo más que una figura que se alejaba de ella. Su vista se adecuó lo suficiente a la luz como para ver que se trataba de una mujer rubia, aunque pronto otro pensamiento la distrajo.

Miró a un lado y a otro. Estaba buscando al gato.

Sin embargo, era extraño. Abigail tenía la sensación de que había estado en peligro, que incluso un hombre la estuvo persiguiendo por las calles de Nueva York —no podía encajar muy bien al gato en toda esa historia— y que de alguna manera que le era imposible recordar, había llegado hasta Central Park.

—Ha tenido que ser una pesadilla —susurró.

Debía ser así porque a su alrededor no había rastro de ningún hombre o animal. Lo único que podía ver era a la mujer que pasó cerca de ella al despertase y que se alejaba poco a poco.

—Sí, eso. Solo un mal sueño.

La estampa del sol de la mañana cayendo sobre el parque, los reflejos de los rayos en el césped húmedo y la agradable temperatura la convencieron de que había ido a Central Park a disfrutar de su tiempo libre cuando entonces se quedó dormida. Todo eso del gato y de la persecución no serían más que una absurda pesadilla. ¿Qué otra cosa podía ser?

El sol coronaba ya el cielo. Miró su reloj y después lo golpeó varias veces: las manecillas estaban quietas. Buscó su móvil, pero no lo encontró en ninguno de los bolsillos; o lo había perdido o se lo habían robado.

—Hoy no es mi día —dijo levantándose lentamente. Cuando lo hizo, volvió a mirar si realmente no había ningún gato por ahí, como si no creyese enteramente que todo fue parte de un sueño. Buscó también a la mujer rubia, pero no la vio ya por ningún lado. Preocupada por desconocer la hora, se marchó apresurada creyendo que tenía que irse a trabajar dentro de un par de horas. Tenía que ir a su piso.

Sin querer perder ya más tiempo, salió del parque y trató de parar un taxi.

—¡Maldita sea! —exclamó tras varios minutos siendo ignorada por los taxistas. Al final desistió y se dirigió a la parada de metro más cercana. Sin embargo, cuando se encaminó hacia allí, tuvo una sensación extraña que se amplificó al bajar las escaleras de la estación. Un escalofrío recorrió su cuerpo y la hizo sentirse amenazada por algo que no podía identificar.

Se detuvo frente a una de las máquinas expendedoras de billetes y rebuscó en sus bolsillos. ¿Acaso no llevaba encima ni un solo dólar?

—¿Piensa tirarse ahí toda la mañana? —le preguntó un hombre que hacía cola tras ella.

Abigail, desconcertada, dio un paso al lado mientras seguía con las manos dentro de los bolsillos. Efectivamente, no llevaba nada encima, ni siquiera su tarjeta de crédito. Aquello era demasiado. Por instinto hizo el gesto de sacar su móvil, pero después recordó que no lo llevaba consigo, lo que la dejó más confusa todavía.

—Esto no puede estar pasando —dijo mientras se dirigía a las escaleras de la estación. Ya no tenía dudas: estaba ocurriendo algo. Quizás lo del hombre que la estaba persiguiendo no se trataba de ninguna pesadilla, o puede que la mujer del parque le robara todo el dinero que llevaba encima. Abigail se sintió tan perdida que llegó un punto en que lo único que quería era saber qué le había ocurrido.

Todo esto se tradujo en una presión creciente en el pecho, una sensación de asfixia que la hizo sentarse en las escaleras de la estación para recuperar la calma. «¿Qué estaba pasando?».

Justo en ese momento, alguien que pasó a su lado le tiró varias monedas a los pies. Cuando Abigail levantó la mirada se percató de que se trataba de una mujer. Quizás ella podría ayudarle y prestarle un teléfono. Sin embargo, no tuvo tiempo para pedírselo siquiera.

—¡Eh! ¡Tú! Aquí no está permitido pedir limosna, así que vete si no quieres que llame a la policía —gritó un guardia de seguridad desde la parte superior de las escaleras. Abigail quiso dejar claro que ella no estaba pidiendo dinero ni nada por el estilo, pero no se vio con fuerzas para discutir. Recogió las monedas del suelo y compró un billete. Lo único que quería era regresar a casa cuanto antes y enderezar aquel día tan horrible de una vez por todas.

Experimentó un conato de alivio cuando el tren se puso en marcha. Solo tenía que esperar unos minutos para llegar hasta su piso y darse una buena ducha de agua caliente. Así se empezarían a arreglar las cosas. Se relajó un poco con el traqueteo del tren. Apoyó la cabeza contra el cristal y observó ensimismada la oscuridad que había al otro lado, en los oscuros túneles del metro de Nueva York.

Pero había alguien más. A un lado del vagón vio a una mujer que le llamó la atención. Era la mujer con la que se topó al despertar en Central Park. Sí, estaba segura. Era ella. Además, observándola más detenidamente advirtió que a su vez era la misma persona que le había tirado las monedas en las escaleras de la estación.

Sintió que el pulso de su corazón se aceleraba a medida que observaba a la mujer.

De repente, Abigail quería bajarse. Por suerte, pudo reprimir sus impulsos y aguardar hasta que el tren llegara a su parada. No esperó siquiera a que se detuviera. Se levantó rauda y se colocó próxima a la puerta para ser la primera en salir. Abandonó la estación casi corriendo, mirando continuamente hacia atrás para asegurarse de que la mujer no iba tras ella.

—Esto no puede ser verdad —se repetía una y otra vez.

Recibió los rayos de sol como una bendición. Afortunadamente, su piso no estaba muy lejos de allí, por lo que no tuvo que esperar mucho hasta llegar a la puerta de su edificio. Sacó las llaves del bolsillo de la chaqueta y, en un gesto automatizado y rutinario, fue a introducir la llave en la cerradura y a empujar la puerta para abrirla al mismo tiempo, pero no ocurrió ni lo uno ni otro: la llave no entró en la cerradura y la puerta no se movió ni un milímetro, quedando todo en un gesto torpe.

—¿Qué ocurre aquí? —dijo, pensando que había cogido la llave equivocada. El portero del edificio, que estaba leyendo el periódico en su garita, se acercó con gesto de pocos amigos.

—Gracias a Dios, Raymond —dijo Abigail—. No te puedes ni imaginar qué día llevo.

Al fin un rostro conocido. Llevaba viviendo allí más de dos años y mantenía una buena relación con el portero.

—¿Qué quieres? —espetó Raymond, pillando por sorpresa a Abigail.

—Mi llave... —dijo ella, mostrándosela. Estaba desconcertada. Raymond jamás le habría hablado de ese modo.

—Sí, es una llave. ¿Acaso quieres un premio?

—Yo... Yo vivo aquí —dijo Abigail.

—No estoy para bromas, así que no te hagas el gracioso.

Ahora sigue tu camino si no quieres meterte en problemas —dijo el portero apuntándole con el dedo y señalando hacia la calle al mismo tiempo.

Abigail estaba perpleja. Todo lo que pudo hacer fue mirar hacia arriba para cerciorarse de que no se había equivocado. ¡Claro que no! Era el edificio 34, en el que ella llevaba viviendo dos años y el hombre que tenía frente a sí era Raymond Cleresnik: cuarenta y dos años, divorciado y portero de su edificio.

—¡Tú! Tienes cinco segundos antes de que llame a la policía. ¡Fuera de aquí!

Ante la amenaza del portero, Abigail retrocedió varios pasos y miró a su alrededor como si buscara comprensión en algunos de los transeúntes que pasaban por allí en ese momento. Quizás esperaba que la presencia de algún vecino pudiera ayudarla a comprender lo que estaba ocurriendo, pero nadie reparó en ella. Una nueva amenaza por parte del portero fue suficiente para que se marchara, aunque sin tener muy claro a dónde dirigirse. Fue entonces, al encarar la calle, cuando vio a la mujer de nuevo. En la acera de enfrente, con una espléndida sonrisa y mirándola fijamente, se encontraba la mujer del metro, la misma que le había dado las monedas y casi con toda seguridad la que había visto al despertar en Central Park.

Pensó en huir, en pedir auxilio, pero todo cambió cuando vio aparecer un gato que se dirigía hacia esa extraña. Era el gato de su sueño. ¿Acaso fue real? ¿El hombre que la persiguió también era de carne y hueso?

La mujer, al ver que el animal se le acercaba, se inclinó y lo cogió entre sus brazos. Abigail, casi sin advertirlo, caminaba hacia ella. Cuando ya había cruzado la calle y se encontraba a unos pocos pasos, la mujer le dijo:

—No temas, Abigail. Ni yo ni esta criaturita vamos a hacerte daño.

Abigail abrió los ojos de par en par.

—¿Cómo sabes mi nombre?

La mujer sonrió.

—Ya nos conocemos. Nos hemos visto cerca del río.

—¿De qué estás hablando? Yo no te conozco.

—Más bien, no lo recuerdas.

—Tengo buena memoria —dijo Abigail, pretendiendo discutir con la desconocida.

—¿Entonces recuerdas al gato? —preguntó la mujer. Abigail observó al animal y sintió un escalofrío. Si podía recordar al gato, si no había sido todo un sueño, significaba que el hombre que la perseguía también era real.

—Por tu expresión, diría que sí —continuó la mujer—. Al igual que al hombre que te perseguía, ¿no es así?

—¿Cómo lo sabes? —preguntó Abigail con el horror en los ojos.

—Tranquila. Por suerte, mi amigo te condujo a un lugar seguro —dijo la mujer haciendo un gesto en dirección al gato.

Abigail, creyendo que se trataba todo de una broma, miró a un lado y a otro esperando que algo le indicara que sí, que todo aquello no era más que una gran farsa.

—¿Te refieres al gato? ¡Has perdido el juicio! —exclamó Abigail dejándose llevar por una risa nerviosa. Estaba hablando con una loca. Nueva York estaba llena de gente así.

Entonces la mujer afinó los ojos y observó a Abigail con atención.

—No estás teniendo un buen día, ¿verdad? —preguntó. Abigail volvió a reírse de manera histérica.

—Pues la verdad que no. No es el mejor día de mi vida —le respondió, volviéndose y mirando hacia el edificio donde vivía. El portero, Raymond Cleresnik, permanecía junto a la puerta con el rostro serio y vigilante—. ¿Acaso eres adivina o algo por el estilo?

—No, no soy adivina, pero estoy aquí para ayudarte —al decir esto, la mujer le extendió el brazo—. Me llamo Camille.

Abigail le estrechó la mano.

—Un placer. Sea quien seas.

—Soy Camille, ya te lo he dicho.

—¿Y qué estás haciendo aquí, Camille? ¿Por qué el portero del edificio en el que llevo dos años viviendo no me deja entrar? ¿Por qué estás aquí con este gato en brazos? ¿Por qué, eh? ¡¿Por qué?!

—Tranquila. Tengo las respuestas a todas tus preguntas, te lo prometo. Si te parece bien, podemos tomar un café y hablar tranquilamente. ¿Te parece buena idea?

Para Abigail nada era una buena idea aquella mañana, pero consideró un mal menor hablar con esa mujer. Un café no podría hacerle daño.

—¿A dónde quieres ir? —le preguntó.

—Elige tú.

Abigail asintió y señaló hacia el final de la calle.

—Hay una cafetería no muy lejos de aquí. Suelo comprarme allí el café cuando voy de camino al trabajo.

Camille, con una encantadora sonrisa en el rostro, le dijo que le parecía un lugar fantástico. Caminaron tranquilamente y en silencio hasta llegar. Camille se fijó en que Abigail comenzaba a percatarse de que algo extraño estaba ocurriendo a su alrededor. Miraba continuamente a un lado y a otro, al gato y a la propia Camille. En su esfuerzo por comprender lo que estaba ocurriendo fruncía el ceño, murmuraba en silencio moviendo los labios y negaba con la cabeza cuando parecía llegar a alguna conclusión disparatada.

—Es aquí —dijo Abigail al llegar a la cafetería.

Ella fue la primera en entrar y al hacerlo saludó a Joy, el camarero que estaba en la barra, y Kristen, la joven que servía las mesas. Los camareros le devolvieron el saludo, pero no de la forma que ella esperaba, sino más bien como si jamás la hubieran visto. Esto la dejó desconcertada e incluso sintió la necesidad de irse de allí —recordó entonces a Raymond Cleresnik—, pero cuando se giró para salir de la cafetería, se topó con una escena que la hizo sentarse en la silla más próxima que encontró. Camille estaba en cuclillas todavía con el gato en brazos, susurrándole palabras al oído que Abigail no podía comprender, pero que el felino parecía escuchar con atención. Después, puso al animal en el suelo y este le hizo un gesto con la cabeza antes de marcharse tranquilamente.

—¡Vaya! Huele de maravilla —dijo Camille al entrar en la cafetería. Abigail, aún con el rostro de asombro, la observaba perpleja.

—¿El gato es tuyo? —le preguntó.

Camille la miró como si hubiera escuchado lo más absurdo del mundo.

—¿El gato? Oh, no. No soy mucho de tener mascotas. El trabajo me tiene constantemente de un sitio a otro.

Abigail quiso preguntarle entonces por qué demonios le había estado susurrando al oído y el animal parecía comprender sus palabras, pero no encontró fuerzas para ello. Absorta en sus propias dudas, comenzó a derramar las primeras lágrimas. La mujer se limitó a observarla mientras Abigail, con las manos temblorosas, intentó de nuevo sacar el teléfono que no llevaba en los bolsillos.

—¡Maldita sea! —exclamó al recordar que no lo tenía—. ¿Puedes dejarme tu teléfono?

Camille, sin mencionar palabra, sacó su teléfono y lo puso sobre la mesa. Después llamó a la camarera y le pidió un café, aunque cuando esta señaló hacia Abigail, Camille le dijo que tenía el estómago revuelto y que pediría más adelante.

Pero Abigail ni siquiera la escuchó. Estaba concentrada en el teléfono, absorta. Tenía los pulgares apoyados en la pantalla y daba la impresión de que no sabía qué hacer.

—¿Qué ocurre? —preguntó Camille.

—¿Por qué no soy capaz de recordar ningún número? —dijo sin levantar la mirada.

Camille, intuyendo lo que estaba a punto de ocurrir, miró su reloj. Había llegado el momento.

—Está bien, Abigail. Si estoy aquí es para contarte la verdad y, sobre todo, para ayudarte.

—¿De qué estás hablando?

—Mira hacia el cristal, por favor —dijo Camille. En ese momento, la camarera dejó el café sobre la mesa y Camille lo puso entre sus manos. Abigail, mientras tanto, giró la cabeza y miró hacia el cristal de la cafetería, en el que podía distinguirse de manera tenue su reflejo. Estaba dispuesta a preguntarle a la pirada de los gatos qué tenía que ver, pero no fue necesario. La imagen de su rostro comenzó a deformarse como si hubiera estado hecho de barro y unas manos invisibles pretendieran modelarlo. En cuestión de segundos su reflejo se había transformado en el de un hombre cualquiera que respondía a todos y cada uno de los movimientos de la joven.

—¿Cómo has hecho eso? —gritó Abigail.

—Yo no…

Pero Abigail no podía soportarlo más. Ver su propio reflejo transformarse en el de otra persona había terminado de desquiciarla. Su cupo de cosas extrañas había llegado al límite.

—Escúchame, loca de los cojones. No vuelvas a acercarte a mí. ¡Joder! —gritó mientras salía a toda prisa de la cafetería. Los allí presentes observaron la escena y después se quedaron mirando a Camille, que actuaba como si nada hubiera ocurrido. Tan solo cuando terminó el café levantó la mano y pidió la cuenta.

—¿Todo bien? —preguntó la camarera al llevarle la cuenta.

—Todo estupendo. Un café delicioso, por cierto.

CAPÍTULO 3

ABIGAIL HABÍA salido desesperada de la cafetería. Sentía incluso que le faltaba el aire. No sabía a dónde acudir ni tampoco se veía capaz de explicar lo que le estaba pasando. ¿Cómo había hecho esa mujer el truco del espejo? Debía existir alguna explicación.

Caminó hacia ninguna parte durante unos minutos hasta que vio al otro lado de la calle a un agente de policía. Solo le quedaba pedirle ayuda.

Sin embargo, mientras se acercaba a él, el agente se giró y la observó con un atisbo de mal gesto en el rostro. Abigail se dirigía hacia él de manera tan desesperada que, cuando estuvo a unos pocos metros, el policía le pidió que se detuviera.

—¿Qué ocurre, amigo? —le dijo. Abigail estaba dispuesta contarle todo: lo del hombre que la perseguía, la mujer del parque… Seguramente la habría drogado o algo por el estilo, pero entonces advirtió cómo se había referido el policía a ella: «amigo».

—¿Cómo? —musitó.

—Oiga, ¿se encuentra bien? ¿O está sordo? —insistió el agente.

—Sí, eso creo —dijo Abigail—. Estoy bien.

El policía frunció el ceño.

—Más le vale irse a casa —le aconsejó. Abigail asintió y se dio la vuelta. El pensamiento que pasaba por su cabeza en ese momento le provocaba escalofríos, pero no podía obviar la desconcertante conclusión a la que estaba llegando. El agente se había referido a ella como si se tratara de un hombre.

—¿Qué ocurre, amigo? —susurró para tratar de comprender sus palabras—. ¿Soy un hombre?

De esa manera, sin prestar atención a dónde la llevaban sus pasos, se encontró que había regresado a la misma calle en la que se encontraba su edificio, aunque en esta ocasión distinguió a su compañera de piso, Olivia, cerca de la puerta. Quizás ella podría contarle qué estaba ocurriendo. Comenzó a correr para no perderla de vista, pero al cabo de un par de pasos se detuvo en seco: Olivia estaba sacando cajas como si se estuviera mudando, aunque al fijarse advirtió que se trataban de sus cosas. Abigail reconoció un inmenso cojín de color púrpura que tenía en su habitación e incluso la lámpara de su mesita.

El primer impulso de Abigail fue el de dirigirse hacia allí y preguntarle a Olivia qué estaba pasando, pero entonces recordó lo que acababa de ocurrir con el agente de policía, lo que había sucedido con el portero o con los camareros de la cafetería. Nadie la reconocía por Abigail. La tomaban por otra persona, tal como si se hubiera despertado en alguna película cutre de los noventa, así que simplemente se decidió a comprobar si todo aquello era real o era ella la que estaba divagando. Cogió aire y comenzó a caminar hacia Olivia.

Creía que iba a desmayarse de lo nerviosa que estaba. Apenas habían pasado quince minutos desde que entrara en el edificio, por lo que si Raymond volvía a aparecer podría llamar a la policía o algo peor. Pero no le importaba. Ya estaba casi a la altura de Olivia cuando esta terminó de colocar una de las cajas en el interior del vehículo y se incorporó. Abigail creyó que la había reconocido, por un instante tuvo esperanzas de que todo hubiera sido una enorme —e inexplicable— confusión, pero no fue así. Los ojos de Olivia pasaron sobre Abigail sin prestarle atención.

Ella se detuvo sin saber qué hacer o qué decir. Olivia era su compañera de piso, ¿cómo podía no reconocerla? A lo largo de su reflexión se hizo preguntas para que las que no encontró respuestas. Sin embargo, tenía que hacer algo, no podía quedarse de manos cruzadas. Así que respiró hondo y decidió comprobar por sí misma en quién se había convertido. Temblando, se acercó hasta Olivia, que seguía atareada colocando las cajas.

—Hola —le dijo.

—Hola —le contestó frunciendo el ceño, gesto que fue suficiente para cerciorarse de que ella «no era ella». Pese a lo absurdo de su planteamiento, decidió continuar. No podía hacer otra cosa. Si estaba sacando sus cosas del piso era porque ella ya no debía vivir allí.

—Perdona que te moleste. Estoy buscando piso por esta zona y, como te he visto sacando cajas, quería preguntarse si sabes de alguno que se haya quedado libre.

No podía entender de dónde habían emanado las fuerzas necesarias para formular aquella frase. Olivia dejó una caja en el suelo y asintió en silencio. Abigail se fijó en que su amiga tenía los ojos enrojecidos por el llanto y que incluso en ese momento parecía estar cerca de ponerse a llorar de nuevo.

—¿Ocurre algo? —preguntó Abigail.

—Lo siento. Es solo que, en fin, vivía en este mismo edificio con una amiga, pero ha fallecido hace pocos días.

Abigail no daba crédito a lo que acababa de escuchar. Ni siquiera era capaz de razonar si había oído bien.

—¿Fallecido? —preguntó.

En ese momento llegó Raymond, interrumpiendo la conversación. Abigail estaba a punto de marcharse para evitar más problemas, pero, para su sorpresa, el portero no la reconoció. O más bien, no reconoció a quien intentó entrar en el edificio minutos antes. Era demasiado complicado como para ser consciente de lo que le estaba ocurriendo.

—Precisamente, él puede ayudarte —dijo Olivia señalando hacia el portero—. Raymond, este hombre me ha preguntado si hay algún piso libre. Puedes enseñarle el mío si quieres. Solo quedan pocas cosas que sacar.

—Por mí no hay problema. Aún no me creo todo lo que ha sucedido —dijo Raymond haciendo un gesto solemne—. Pero, en fin, la vida sigue. ¿Así que estás buscando un piso por aquí?

Abigail, que se había limitado a escuchar en los últimos segundos, asintió:

—Me gusta mucho esta zona de la ciudad.

—Pues si Olivia no tiene ningún problema, puedo enseñártelo de inmediato. ¿Olivia?

Esta, sin detenerse en su labor de apilar cajas, dijo:

—Ya te he dicho que puedes hacerlo. Está un poco desordenado. Si no te importa.

—Tranquila —dijo Abigail.

—Pues no perdamos más tiempo. Sígueme —dijo el portero.

Abigail obedeció y lo siguió hasta su propio piso. Mientras se dirigían hacia allí, le hizo varias preguntas para romper el hielo, pero Abigail estaba tan nerviosa que contestaba como un autómata, haciendo uso de clichés que no daban pie a continuar la conversación. Ella sabía que Raymond se llevaría su comisión si conseguía alquilar nuevamente el piso, lo que explicaba su generosidad.

Dieron los últimos pasos y llegaron al piso. La puerta estaba abierta y desde el rellano pudo ver las entrañas del que había sido su hogar durante los dos últimos años.

—Como ya le ha contado la joven, hay un poco de desorden, pero se trata de un apartamento amplio de dos habitaciones. Desde luego, no hay muchos como este por la zona.

—Sí que es bonito —dijo Abigail mientras observaba su ropa, sus libros y el resto de sus cosas desperdigadas o metidas en cajas. Pensar en todo lo que le había ocurrido se le antojaba insignificante en comparación con el impacto que le producía ser testigo de algo que no podía describir.

—¿Por qué se muda la joven? ¿Hay algún problema con el piso?

Olivia ya le había contado lo ocurrido, o más bien, lo que a ella le había pasado, pero necesitaba oírlo nuevamente. Raymond hizo un gesto incómodo y dijo con voz queda:

—Una desgracia, una verdadera desgracia. La otra joven que vivía aquí fue asesinada hace pocos días. No se preocupe, no fue aquí, ni siquiera cerca del piso, pero su amiga, la que ha visto cargando las cajas, ha optado por buscar otra residencia. Demasiados recuerdos.

—Ya —fue todo lo que dijo Abigail. Era lo único capaz de expresar.

El portero continuó la visita por el piso, dándole todos los detalles de la vivienda, información que Abigail ya sabía, pero que aun así escuchaba como si se tratase parte de algún hechizo. Se encontraban en el propio dormitorio de Abigail cuando la voz de Olivia les sorprendió: había otra persona interesada por el apartamento.

—¡Ya se lo he dicho! Es un piso fantástico. Estará alquilado en cuestión de horas. Deme unos segundos —dijo Raymond mientras iba a recibir al nuevo interesado.

Abigail se quedó mientras tanto en la que había sido su habitación. El armario estaba prácticamente vacío y casi no quedaba ya nada en las estanterías. Era como ver el esqueleto de su propia vida. Quería gritar a todo pulmón que ella era Abigail, que estaba viva y que dejaran en paz sus malditas cosas. Al mismo tiempo, se esforzaba por recordar qué había hecho los últimos días, pero solo evocaba las imágenes fugaces de un hombre persiguiéndole y la aparición de ese gato.

Estaba observando sus propias cosas cuando Raymond apareció en la habitación con la otra persona interesada. No era un hombre, sino una mujer: se trataba de Camille. Abigail se quedó de piedra.

—Vaya, es un piso precioso —dijo Camille, que advirtió rápido las intenciones del portero y decidió aprovecharlas—. Verá, estoy buscando un lugar donde mudarme cuanto antes. Es para mí muy importante que sea lo antes posible.

—En ese caso, está de suerte. Lo más seguro es que esté disponible mañana mismo —dijo Raymond con una sonrisa.

—Diría que la anterior inquilina tiene mucha prisa por marcharse. ¿Hay algo que debería saber?

—Nada importante como para no alquilar el piso. Ha ocurrido una desgracia. La otra joven que vivía aquí apareció sin vida en una carretera al norte del estado. Ocurrió después de que estuviera desaparecida durante un par de días.

—¿Cómo puede ser eso? ¿Y no se sabe lo que ocurrió? —insistió Camille.

—Nada hasta ahora. No hay sospechosos por el momento —dijo Raymond.

—Tengo que irme —dijo Abigail de repente. Había escuchado suficiente—. Creo que me conviene un piso más pequeño.

Camille, sabiendo que tenía que darle muchas explicaciones a Abigail, se despidió también de Raymond para ir tras ella. El portero, sin comprender nada, se lamentó de la oportunidad que había dejado escapar.

—¡Pueden encontrarme en la planta baja del edificio! —gritó a la desesperada mientras escuchaba los pasos alejarse por el rellano.

CAPÍTULO 4

ABIGAIL no se detuvo siquiera al pasar junto a Olivia, que seguía cargando cajas en el maletero de su coche. Se alejó de allí caminando cada vez de manera más apresurada, dando tumbos y buscando apoyo en las farolas o en los árboles que se iba encontrando. Camille la seguía de cerca, pero sin llamar su atención.

Finalmente, Abigail giró hacia un callejón y recorrió un par de metros hasta que se detuvo y comenzó a golpear la pared con las palmas de las manos. Fuera de sí y rendida, apoyó la cabeza contra el muro y comenzó a llorar. A sus espaldas, aunque guardando la distancia, se encontraba Camille.

—¿Qué está ocurriendo? ¿Por qué nadie me reconoce? ¿Por qué dicen que he sido asesinada si me tienen delante de sus narices? —gritó Abigail—. ¿Realmente estoy muerta?

Su voz pendía de un hilo.

Camille, solemne, le dijo que sí.

—Es el momento de mostrarte la verdad, pero has de confiar en mí, Abigail.

—¿Tengo alguna otra opción? —preguntó la joven.

Camille se acercó y le puso la mano sobre el hombro.

—Es mucho más complicado que todo eso. Sé que ahora mismo no comprendes nada, pero precisamente para eso estoy aquí: para ayudarte.

—¿Para ayudarme? ¿Quién eres?

—Estoy aquí para mostrarte la verdad sobre lo que te ocurrió —dijo Camille.

—¿Y qué se supone que me ocurrió?

—Eso es lo que tenemos que averiguar —dijo Camille mirando su reloj—. Es momento de ponernos en marcha.

Abigail, sintiéndose un poco más reconfortada, se secó las lágrimas que le caían por las mejillas y se rehízo.

—¿A dónde vamos? —preguntó.

—Enseguida lo sabrás. Cojamos un taxi.

Ambas salieron del callejón y se dirigieron al borde de la acera. Camille levantó el brazo y apenas pasaron cinco segundos antes de que un taxi se detuviera a su lado.

—¿A dónde les llevo? —dijo el taxista.

Camille, como si estuviera tratando de recordar algo, miró hacia los lados antes de dar la respuesta.

—¡Cementerio de Green-Wood! —dijo al fin.

Abigail iba a preguntarle si era allí donde había sido enterrada, pero se vio incapaz en el último momento de pronunciar aquellas palabras. Una parte de ella seguía creyendo que había perdido el juicio o que estaba bajo los efectos de una potente droga. ¿Cómo si no se explicaría todo lo que le estaba ocurriendo? Permanecieron en silencio durante todo el trayecto, puede que por lo extraño de aquella situación o para no hacer pensar al taxista que trataba con dos desquiciadas.

Al fin, llegaron al cementerio. Camille pagó al taxista y se bajó del vehículo observando nuevamente su reloj. Para Abigail no había pasado inadvertido aquel detalle.

—Esto puede resultar muy complicado, pero intenta mantener la calma —dijo Camille invitándola a pasar con la mano, como si se tratara de una anfitriona. Las dos se echaron a andar, aunque era Camille la que iba levemente adelantada. Abigail, histérica, observaba con una mezcolanza de pánico y curiosidad hacia los nombres que había sobre los nichos y las tumbas, esperando ver el suyo en cualquier momento.

—Vale, ahora saldrán todos mis amigos y me dirán que todo ha sido una broma, una gigantesca y descomunal broma que me han gastado en colaboración con todos los malditos habitantes de la ciudad de Nueva York y un gato —pensaba.

Era temprano todavía, sin embargo, Abigail se sorprendió de la cantidad de personas que deambulaban por allí. Todas mostraban la misma expresión apática y la tez blanca. Unos pocos se movían de un lado a otro sin que les pareciera importar el destino de sus pasos; otros, no obstante, estaban inmóviles frente a alguna tumba.

—Ya estamos cerca —dijo Camille, haciendo que Abigail dejara de observar a aquellas personas que tan extrañas le resultaban—. Es ahí.

Camille señaló hacia una tumba enterrada recientemente, cuyo césped no se había extendido todavía sobre la tierra removida y las flores junto a la lápida lucían con sorprendente vigor. Se detuvo y dejó a Abigail a solas.

La joven, incrédula, caminó hacia su propia tumba y leyó su nombre sobre la piedra de la lápida.

—Abigail Thompson —susurró—. Su alma brilla ahora en el cielo.

El evocador epitafio la hizo mirar hacia arriba, hacia el cielo despejado de Nueva York, como si pretendiera pedir explicaciones. Comenzó a llorar, aunque no de una manera histérica como lo había hecho antes, sino por su propio duelo. Sus sentimientos eran contradictorios, pues no sabía qué sentir ante su propia muerte. Las preguntas desbordaron su cabeza, una tras otra.

Buscó entonces a Camille con la mirada. Hacia ella caminaba un hombre peculiar que portaba en su mano un faro antiguo que Abigail solo había visto en las películas o en algún museo. Pero lo más peculiar era la manera en la que vestía; era ropa muy antigua, repleta de mugre y burda. Camille, no obstante, parecía conocerlo, pues lo saludó con un gesto con la cabeza y comenzó a hablar con él.

Abigail también se fijó en que la luz que transmitía el faro era extrañamente luminosa para tratarse de un instrumento tan antiguo y estar encendido a plena luz del día. Aun así, emanaba un resplandor denso y casi lechoso que brillaba tanto o más que el sol. La joven lo observó desde la distancia, ensimismada, hasta que el hombre y Camille, después de llegar a algún tipo de conclusión, dirigieron su mirada hacia ella.

—¿Qué ocurre? —preguntó Abigail. Camille y el hombre murmuraron otras pocas palabras que debieron ser una especie de despedida, pues el extraño continuó su camino.

—¿Quién era ese? —insistió la joven. Camille caminó hacia ella.

—Es un farero. Con su luz ayuda a las almas a encontrar el camino correcto. Suelen estar en los lugares en los que pueden hallarse muchas almas, ya sea un cementerio, la escena de un accidente aéreo o en cualquier otro lugar trágico.

—¿De qué camino estás hablando?

—Allí donde he de llevarte: el Umbral.

Abigail no dijo nada. Flotaba en el ambiente un silencio pesado y extraño, ajeno a la gran ciudad que bullía al otro lado de los muros del recinto. Aquel Umbral que Camille le había mencionado ya en un par de ocasiones le parecía muy lejano.

—Jamás he visto un hombre así.

—Porque nunca habías necesitado ver su luz. Los vivos no pueden ver su reflejo —concluyó Camille con una sonrisa. Después señaló con su cabeza hacia la tumba—. Has comprobado por ti misma la verdad. Sé que es complicado, pero es así.

Abigail se giró, observó también la tumba y después se centró en Camille.

—No puedo ni siquiera explicar lo que siento. ¿Qué soy entonces? ¿Una especie de fantasma?

Camille asintió.

—Más o menos, Abigail. El concepto de fantasma que tenéis los vivos no coincide del todo con la realidad. Ni tampoco solemos utilizarlo.

Abigail frunció el ceño.

—¿De qué estás hablando? ¿Qué está pasando? ¿No puedes hablar claro de una maldita vez? —gritó.

Su voz hizo levantar el vuelo a varios pájaros que correteaban por el césped.

—Y tú has de mantener la calma, si no, no podré ayudarte.

—Está bien. Disculpa. Te escucho —dijo Abigail haciendo un esfuerzo.

—Todo lo que has escuchado y visto esta mañana es cierto. Fuiste asesinada hace un par de días. Sufriste una muerte trágica, repentina, pero tu alma no lo aceptó, creyendo que aún estás con vida. Tu alma necesita saber qué ocurrió y por qué, ha de convencerse ella misma de que estás muerta para superar la perturbación que le originó tu muerte. Solo así podrás descansar en paz y cruzar el río.

Las palabras de Camille dejaron atónita a Abigail, que la observaba como si la primera se acabara de escapar de un manicomio. Sin embargo, todo lo que había ocurrido esa mañana daba sentido a lo que acababa de escuchar. Nadie la reconocía y su compañera de piso, Olivia, le había comentado lo del asesinato.

—Entonces, ¿soy mi alma? —preguntó en voz baja.

Camille esbozó una tierna sonrisa.

—Siempre serás tu alma. De hecho, es lo único que eres. Cuando estabas con vida, tu cuerpo no era más que un envoltorio, igual que el que tienes ahora.

Abigail bajó la mirada y se observó en el reflejo de un charco que había a sus pies: allí vio la imagen de un hombre común, indefinido.

—¿Ahora soy un hombre?

Camille negó con la cabeza.

—Es más complicado que eso. Digamos que eres insignificante para quien ponga sus ojos sobre ti. Ya no perteneces a este mundo y no se te permite alterarlo. Un ente sirve de envoltorio a tu alma y está en constante transformación, de tal manera que nadie pueda recordarte. Por eso el portero no te reconoció la segunda vez que apareciste por el edificio en el que vivías.

—No entiendo nada —dijo Abigail con la mirada fija en el charco—. ¿Qué tengo que hacer para que todo esto se acabe?

Camille miró su reloj.

—Averiguar todo acerca de tu muerte; saber por qué te asesinaron.

—Vale, eso será fácil. Si fui asesinada, puedo recordarlo y así solucionar todo esto —dijo poniéndose las manos sobre la cabeza como si pretendiera estrujar sus recuerdos.

Camille lo negó sin perder la sonrisa.

—No es tan fácil. Para tu alma sigues con vida, por lo tanto, no tiene recuerdos de tu muerte. Tendremos que hacerlo de otra manera. Quizás con los estímulos necesarios tu alma comience a recordar.

Abigail suspiró.

—¡Joder!

—Tranquila. Vayamos paso a paso. ¿Estabas metida en algún tipo de problema o te juntabas con gente peligrosa?

—No, claro que no. Soy o era una joven normal. Tenía mi trabajo, mis amigos, iba al gimnasio y también a tomar algo de vez en cuando. Nadie tenía motivos para asesinarme.

—Bueno, había que descartarlo. Habría sido más fácil.

—¿Qué hacemos ahora?

—Supongo que tendremos que investigar tu asesinato al modo tradicional.

—¿Eso qué significa? —preguntó Abigail.

—Pues que empezaremos acudiendo al lugar donde apareció tu cuerpo. —Camille sacó una pequeña libreta—. Aquí tengo anotado lo poco que se sabe de tu muerte si buscas en internet o lees los periódicos. No es mucho. Hay bastantes incógnitas.

—¿Dónde apareció mi cuerpo?

—Al norte del estado, concretamente, en la carretera 47.

CAPÍTULO 5

—Ese es buen sitio —dijo Chad Jones señalando hacia uno de los árboles que estaba más alejado del camino principal que atravesaba Central Park—. ¿Has traído el mechero?

Tommy Burns, el otro joven que lo acompañaba, guiñó un ojo y puso la mano sobre el bolsillo de su chaqueta vaquera.

—Pues claro, ¿qué esperabas? Se lo he quitado a mi hermana. No creo que se chive a mis padres.

Chad Jones soltó una carcajada.

—¡Así me gusta! Yo he traído como cinco o seis cigarros. Se los he quitado a mi padre a lo largo de toda la semana. Ni se ha dado cuenta el viejo.

Los dos muchachos, de quince años, llegaron hasta el árbol y se sentaron junto al tronco en el lado opuesto al camino, donde estaban a salvo de miradas indiscretas. Una vez allí, encendieron los cigarrillos y dieron las primeras caladas.

—Desde luego, no sabe cómo un helado de chocolate —dijo Tommy Burns haciendo una mueca de repulsa.

—Solo hay que acostumbrarse. Si no estuviera delicioso, no fumaría tanta gente.

—Eso es por la nicotina, imbécil —dijo Tommy.

Fue entonces cuando ocurrió algo que jamás pudieron explicar. Tanto Chad como Tommy estaban sentados con la espalda apoyada en el tronco, con vistas a una extensión de tierra que estaba ocupada por varios árboles más y otorgaba un ambiente sombrío a aquel lugar. Sin embargo, pese a los árboles, podía verse perfectamente el amplio césped que continuaba al otro lado y donde sí había una veintena de personas, ya que el sol daba de pleno.

De repente, dos sombras surgieron en el centro de aquella arboleda, como si hubieran surgido del suelo. Chad y Tommy, vigilantes como estaban, lo vieron desde el primer momento. Aquellas dos formas oscuras se definieron poco a poco hasta que pudieron ver claramente que se trataba de dos grandes perros.

—¡Hostia puta! —exclamó Tommy. Chad ni siquiera podía articular palabra—. ¿De dónde han salido?

Los canes, dos *rottweiler* de pelaje negro, avanzaban hacia ellos a medio trote, comenzando a ladrar en cuanto estuvieron más cerca de ellos. Se veían rabiosos. La saliva caía por sus fauces, lo que les daba un aspecto todavía más terrorífico.

Parecían dispuestos a abalanzarse sobre ambos cuando, en el último momento, un susurro arrastrado por el viento los hizo detenerse.

Chad y Tommy, abrazados y temblando, sintiendo el aliento de los animales sobre ellos, vieron a un hombre que apareció también de entre los árboles. Vestía de manera elegante un traje negro, era atractivo y con un aspecto peculiar; era joven y mayor al mismo tiempo. Sin embargo, lo que más llamó la atención a los jóvenes fueron los ojos de aquel hombre, del que parecían emanar destellos rojizos.

De nuevo, murmuró un sonido ininteligible y los animales se echaron a andar, alejándose de allí. Iba tras ellos. De repente, se detuvo y miró fijamente a uno de los jóvenes.

—Te veré pronto. Muy pronto.

Apenas se alejó el hombre con los dos perros, Chad y Tommy

huyeron a toda velocidad. El desconocido los observó con una sonrisa divertida y después continuó su camino. No había avanzado mucho cuando, a su vez, otro hombre salió a su encuentro y le dijo unas palabras.

Los perros, inmóviles, esperaron a su amo mientras miraban amenazantes a un lado y a otro.

—No irá muy lejos —dijo antes de retomar la marcha.

CAPÍTULO 6

EL PUNTO en el que apareció el cuerpo de Abigail Thompson estaba bastante alejado de la ciudad. Se trataba de una carretera secundaria del norte del estado y, por lo tanto, tuvieron que coger un taxi para perder el mínimo tiempo posible. El taxista se extrañó de dejar a sus clientes en una carretera en medio de ninguna parte, pero, mientras le pagaran, él no tenía inconveniente.

—¿Podría esperarnos en algún lugar cercano? Seguramente tengamos que volver con prisa a la ciudad —dijo Camille mientras bajaba del vehículo. El taxista miró hacia un lado y a otro y contestó:

—¿De qué lugar cercano habla?

—Está bien. ¿Le importaría esperarnos aquí? Le pagaré bien —afirmó Camille.

El taxista, que no se sentía especialmente cómodo en aquella situación, decidió ceder:

—Puedo esperar diez o quince minutos como mucho. Después volveré a Nueva York.

—Me parece correcto —concluyó Camille—. No creo que tardemos mucho.

Tras eso, Abigail y Camille avanzaron por la cuneta de la carretera hasta llegar a una curva de escasa visibilidad, donde la disposición del terreno y la vegetación ocultaban la curva a los coches que venían en uno y otro sentido.

—Aquí fue —dijo Camille señalando hacia un punto en concreto. No muy lejos de allí había restos de la cinta policial amarilla. Abigail se acercó y observó el lugar—. ¿Te dice algo este sitio?

—Diría que jamás he pasado por aquí —respondió con la duda en sus ojos.

Camille, mientras tanto, se había agachado y se fijaba en alguna huella de neumáticos o cualquier cosa que los agentes se hubieran pasado por alto.

—Es extraño —dijo Abigail—. Es una sensación que no puedo definir.

Camille la miró.

—Eso es porque, aunque lo niegues, tu alma ya estado aquí y lo percibes. Quizás tu corazón seguía latiendo cuando te arrojaron a la cuneta.

Abigail movió la cabeza de un lado a otro.

—No. Hay algo más. Este sitio me resulta familiar por un motivo que en estos momentos se me escapa.

—Concéntrate. Haz un esfuerzo —pidió Camille.

Abigail afinó la mirada y repasó el lugar. Era una típica carretera secundaria sin nada a su alrededor, el paisaje era austero y tampoco ofrecía nada más aparte de las lejanas vistas de la ciudad de Nueva York.

—Podemos confirmar que aquí no acabaron con tu vida. Puede que vivieras tus últimos momentos, pero no te asesinaron aquí. No hay rastros de sangre ni de forcejeo ni nada por el estilo.

La joven apretó sus labios en un intento de controlar el llanto.

—¿Eso sirve para algo? —dijo afectada.

—Desde luego, Abigail. También estaba la posibilidad de que

te hubieran dejado aquí con vida y hubieras sido atropellada al intentar volver a casa, pero tampoco hay marcas agresivas de neumáticos. Quien te dejó lo hizo por un motivo en concreto. Piénsalo, se arriesgó a haber sido descubierto por otro coche. Hay senderos que se internan en el campo, ¿por qué no te dejó allí? No, aquí hay algo más. Necesitamos más información. Debemos ir a la comisaría y acceder al informe de tu caso.

La tristeza de Abigail se esfumó en ese momento.

—¿Cómo piensas hacer algo así? —preguntó.

—No te preocupes por eso. Ahora... —Camille calló de repente y congestionó el rostro, como si una amenaza invisible la estuviera acechando. Miró su reloj y murmuró unas palabras que Abigail no pudo entender. Esta, mientras la observaba, se fijó en que los rayos del sol incidían sobre ella, pero su cuerpo no producía sombra. La luz le atravesaba. En cualquier otro momento hubiera salido corriendo al ver aquel cuerpo traslúcido.

—¿Qué eres tú? —preguntó Abigail.

Camille la miró y después volvió a centrarse en el reloj.

—Ahora mismo no hay tiempo para explicaciones. Tenemos que irnos.

CAPÍTULO 7

Después de acabar de fregar los últimos vasos, Joy observó que todos los clientes que estaban en ese momento en la cafetería habían sido servidos. Consideró que era buen momento para fumarse un cigarrillo en el callejón y despejarse un poco.

—Voy a salir, Kristen —dijo a su compañera, que acababa de limpiar una de las últimas mesas que se habían quedado libres. Esas palabras eran suficientes para que ella le comprendiera.

—Es un poco pronto, ¿no crees?

Joy torció el gesto.

—Oh, vamos. Puedes hacerte cargo sola. No tardaré —dijo Joy mientras buscaba el paquete de tabaco que compartía con Kristen—. ¿Dónde lo has puesto?

Pero justo en ese momento, sonó la campanilla que había sobre la puerta de la cafetería. Kristen sonrió para sí sabiendo que un nuevo cliente le habría sentado a Joy como una patada en la espinilla. Malhumorado, este se giró hacia la puerta dispuesto a despacharlo en pocos segundos.

—¿Qué dese…?

Sus palabras se diluyeron. Una fuerte impresión casi había cerrado su garganta de súbito.

En el umbral, un hombre observaba hacia el interior de la cafetería con descaro. Lo acompañaban dos perros de gran tamaño que mostraban ligeramente los dientes. La mirada de aquel hombre barrió el establecimiento de tal manera que todos volvieron a centrarse en sus asuntos mientras lo observaban de reojo, temerosos.

—No se admiten mascotas —balbuceó Joy, que ocultaba el temblor de sus manos bajo la barra.

Los perros, como si hubieran entendido sus palabras, comenzaron a gruñir. Kristen, desde el otro lado de la cafetería, era incapaz de moverse y lanzaba a su compañero miradas de pánico. Mientras tanto, el extraño hombre se acercó a Joy.

—Estoy buscando a una mujer —explicó. Todo el cuerpo de Joy temblaba ahora. Todo él desbordaba miedo.

—¿Qué mujer?

Los ladridos de los perros le hizo sobresaltarse.

—Son inofensivos —dijo el hombre con una parca sonrisa—. O suelen serlo. Busco a una mujer rubia, de tez clara. Viste un abrigo largo, como una gabardina. ¿La ha visto, Joy?

Este bajó la mirada hasta la plaquita que había en su pecho con su nombre. Trató de pensar, pues tenía más que claro que debía darle una respuesta satisfactoria a ese hombre.

—¿Y bien, Joy? —insistió este. Su voz era honda y grave, pero al mismo tiempo parecía haber ecos agudos en lo más profundo de su garganta.

—Ha venido una mujer así esta mañana. La acompañaba un hombre. Pero no sé más.

El hombre estiró sus labios lentamente.

—¿Hace cuánto tiempo?

—Puede que algo más de una hora.

El desconocido lo miró fijamente, como si valorara la veracidad de sus palabras.

—Me ha sido de mucha ayuda. Espero no volver a verte hasta dentro de muchos años, Joy.

CAPÍTULO 8

El taxi trajo de vuelta a Camille y Abigail a la ciudad. Se bajaron cerca de la comisaría donde Camille esperaba acceder a los informes del caso. Sin embargo, Abigail tenía sus dudas.

—No lo entiendo. No hemos descubierto nada en esa carretera. ¿Por qué nos hemos marchado sin más?

Camille la miró con seriedad y después se centró en su reloj.

—No lo entenderías.

—No creo que haya nada que pueda sorprenderme —dijo Abigail con ironía.

Sin embargo, la tensión no abandonaba los gestos de Camille. Asintió en silencio, observó a la gente que iba y venía por las aceras y, finalmente, encaró a Abigail.

—Nos persiguen.

—¿Cómo? ¿Quién?

Camille arqueó los labios. ¿Quién podría ser si ya no existo?

—No es tan sencillo.

—¿Quién me persigue, Camille?

—En este mundo es un hombre que camina junto a dos perros; en mi mundo es un gigantesco can de tres cabezas. Es Cerbero, celoso guardián de las almas del inframundo y custodio de las que vagan para toda la eternidad. Él vigila que ningún alma regrese al Mundo de los Vivos.

Abigail se puso las manos sobre la cabeza.

—¿Qué demonios significa eso? ¿Y por qué me persigue?

—Porque has regresado al Mundo de los Vivos. Después de que fueras asesinada, tu alma partió hacia el Umbral de los Muertos. Pero, como ya te he dicho, tu alma no acepta tu muerte. Es necesario respuestas que la convenzan de que tu vida ha llegado a su fin. Se te ha concedido una oportunidad para ello, pero Cerbero nunca acepta que las almas escapen del Umbral. Por eso te persigue.

—¿Entonces para qué hacemos todo esto?

—Para que cruces el río.

Abigail, con los brazos en jarra, miró a Camille desesperada.

—Pero…

—Escucha, Abigail —le interrumpió Camille—. Me encantaría contarte todo tranquilamente, pero Cerbero ya está aquí. Te está buscando para llevarte de nuevo al Umbral de los Muertos. Si lo consigue antes de que sepamos qué te ocurrió, vagarás para toda la eternidad en el Umbral. Por eso, necesitamos descubrir la verdad cuanto antes. Ya te lo pregunté y ahora lo vuelvo a hacer. ¿Confías en mí?

Abigail asintió con los ojos vidriosos por el llanto. Algunas de las personas que pasaban junto a ellas les dedicaban miradas de curiosidad, pero todas pasaban de largo por fortuna.

—Sé que todo esto es difícil, pero no podemos detenernos. Hemos de descubrir quién está detrás de tu muerte y todo se habrá acabado. Así tu alma descansará en paz.

—¿Ese río es el que me mencionaste cuando nos conocimos?

—Exacto.

Abigail dejó escapar una carcajada.

—Yo creía que era el río Hudson.

Camille le devolvió la sonrisa.

—Yo me refiero al río Aqueronte, el río que tienen que cruzar las almas para lograr su descanso eterno.

—¿Todo eso es cierto? He leído algo sobre eso —dijo Abigail.

—Muchas de las cosas que tomáis por imposibles son ciertas —afirmó Camille con solemnidad.

—Entonces, ese es el río que tengo que cruzar, ¿no es así?

Camille asintió.

—Pero antes tu alma ha de obtener la verdad acerca de tu muerte. Si no, jamás podrás hacerlo.

—¿Por eso estás aquí?

—Así es, Abigail. ¡Vamos! La comisaría está ahí mismo. Por cierto, ¿has podido recordar algo relacionado con la carretera 47? Cualquier cosa podría ser útil —dijo Camille retomando el paso.

—Nada por ahora. Es extraño. Esa carretera me es familiar de algún modo, pero no puedo ir más allá.

—Sigue intentándolo —la animó Camille—. Vamos a ver qué tienen esos policías.

La comisaría no estaba muy lejos de allí, a apenas un par de manzanas. Caminaron apresuradas. Camille no cesaba de mirar su reloj y a su alrededor. Abigail también lo hacía, sintiendo pánico de cualquier perro que veía a lo lejos. Quería preguntarle un millón de cosas más a Camille, pero al mismo tiempo sentía pánico de las posibles respuestas.

—Esa es la comisaría —dijo Camille señalando hacia un edificio grisáceo de hormigón. Unos jardines mal cuidados y el ajetreo de gente evitaban que la estructura pareciera abandonada.

El rostro de Abigail se iluminó de esperanza. Ahí podría estar la solución a todos sus problemas.

—¿Cómo piensas acceder al informe? —preguntó Abigail. Sin embargo, Camille indicó que no con el dedo.

—Entrarás tú.

—¡¿Qué?! —exclamó Abigail—. Tú eres el ser de otro mundo y todas esas cosas. ¿Pretendes que me arresten?

—No eleves la voz —le recriminó Camille—. Hemos de pasar desapercibidas.

—Pero me dijiste que un ente me cubre o algo por el estilo.

—El ente te hace gris ante los ojos de los demás, pero no oculta tus actos. Al final estamos rodeadas de personas que ven y escuchan. Hemos de ser cuidadosas si no queremos llamar la atención. Eso nos traería muchos problemas.

—Por eso precisamente tienes que entrar tú en la comisaría —dijo Abigail—. Tú sabes cómo funciona todo eso.

—No es discutible, Abigail. Será mucho más sencillo todo si entras tú. Esto es para que toda esta pesadilla termine cuanto antes, créeme. Es lo más sencillo.

Abigail, con los brazos en jarra, movió la cabeza de un lado a otro.

—Esto va a salir mal —dijo.

—No va a salir mal porque yo voy a ayudarte. Puedo interferir en tu ente para que ningún agente de la comisaría te pregunte qué andas husmeando. Antes te pedí que confiaras en mí, ¿sigues haciéndolo? —preguntó Camille.

—Qué remedio. No tengo muchas más opciones.

—Sé que suena más complicado de lo que en realidad es. Lo más importante aquí es no alterar el discurrir de los vivos. Recuerda que ya no pertenecemos a este mundo. No puedes hacer ninguna tontería ni perder los nervios. Si actúas sin tener en cuenta estas normas, pueden dejarte en el Umbral para siempre.

La joven asintió.

—¿Y cómo voy a entrar y salir de la comisaría sin que me vean? —preguntó Abigail, que miraba hacia la puerta principal con cara de circunstancia.

Camille sonrió.

—Eso es cosa mía. Lo único que tienes que hacer es entrar en la comisaría, dirigirte al despacho del detective Harris y coger el informe de la mesa. Yo me encargaré de tu ente para que pases inadvertida en todo momento. Pero lo más importante es que no interactúes con nadie. ¿Lo has entendido?

—¿Cómo puedes estar tan segura de que encontraré el informe?

—Antes de ir en tu busca traté de recopilar toda la información posible. Estuve en la comisaría. Me hice pasar por una periodista desesperada por obtener un titular que mereciera la pena. No conseguí acceder a él, pero sí averiguar qué inspector se encargaba del caso.

—Si ya has estado ahí dentro, ¿por qué he de ir yo? Ya conoces el camino —replicó la joven.

—Lo intenté como periodista, Abigail, pero perdí la oportunidad. No podemos arriesgarnos. No sé si algunos de los agentes se acordarán de mí.

—Parece un poco precipitado. Se supone que soy la víctima en todo esto. No tendría que hacer estas cosas.

—Otra cosa muy importante es que no disponemos de mucho tiempo. Al manipular tu ente, Cerbero percibirá mi poder y se sentirá atraído. Hemos de ser rápidas si no queremos tener problemas.

Camille sabía ya que Abigail aceptaría ir en busca del informe.

—¿Él vendrá aquí?

Camille asintió con solemnidad.

—Tarde o temprano. Después de todo, es como dejar un rastro. Por eso tiene que hacerse en cuestión de pocos minutos. Esa es una de las razones por las que me quedo fuera, así puedo saber si llega o no.

—De acuerdo. Lo haré. Has dicho el detective Harris, ¿verdad?

—Ese mismo. Estaremos en contacto en todo momento, así que no te preocupes por los detalles —dijo Camille.

—¿Con un teléfono?

—Lo sabrás en cuanto entres en la comisaría. ¡Vamos!

Las dos avanzaron hasta la entrada principal de la comisaría y observaron el edificio. Había mucha gente subiendo y bajando las escaleras. En los lados más apartados algunos agentes fumaban cigarrillos, acompañados seguramente de abogados, familiares o funcionarios del servicio público. La estampa típica de cualquier comisaría a esa hora de la mañana.

—¿Lista? —preguntó Camille.

—¿Tengo otra opción? —contestó Abigail.

—Por el momento, no.

La joven, resignada, se dio la vuelta y se dirigió hacia las escaleras que subían hasta la puerta principal. Camille se quedó abajo fingiendo hablar por teléfono. A medida que subía, Abigail podía escuchar como la voz de Camille se iba quedando atrás, cada vez más débil, hasta que, de repente, sonó en su interior como si la tuviera dentro de la misma oreja.

—¡No te asustes! Sigue caminando —escuchó Abigail—. Te dije que mantendríamos el contacto.

Sin embargo, Abigail no pudo evitar mirar hacia atrás, sobresaltada por la voz. Camille le indicó con la mirada que continuara.

—¿Es que estás dentro de mí o algo por el estilo?

El pensamiento de Abigail se transformó en voz para Camille.

—Es como la telepatía. Escucharé tus pensamientos directos, los que emanan de tu voluntad. Piensa lo que quieras decirme y yo lo escucharé.

—Si no estuviera muerta, ya me habría dado un infarto —le dijo.

—Concéntrate, Abigail. Como ves, nadie se fija en ti. Tu ente es el de un agente más. Puedes verlo en el reflejo de la puerta. Actúa con normalidad.

Así hizo. Mientras empujaba la puerta metálica, pudo ver que su cuerpo se correspondía al de un agente de policía de unos cincuenta años con barriga, marcadas entradas y ojeras. El hecho de que la imagen de su cuerpo no se correspondiera con la de ella era muy desconcertante, pero aun así fue capaz de soportar la impresión del primer momento. Nada comparado con lo que experimentó en la cafetería.

—¿Cómo puede estar pasando todo esto? —dijo Abigail. Le resultaba increíble que sus pensamientos tuvieran eco en Camille.

—Lo estás haciendo muy bien. Solo céntrate. El informe. Tenemos que ser rápidas —le recordó Camille.

—Perdona. ¿Dónde está ese detective? Nunca he estado en esta comisaría ni tampoco he sido policía.

—Si la información que tengo es correcta, el Departamento de Homicidios debería quedar a la izquierda del vestíbulo. Debe haber indicaciones por alguna parte. Busca carteles y actúa con normalidad, al igual que lo haría un agente.

Abigail obedeció. Apenas cruzó la puerta giró a la izquierda y encaró el pasillo.

—Tienes razón. Estoy en el Departamento de Homicidios.

Abigail vio entonces un largo pasillo con multitud de puertas a ambos lados, iluminado todo por la luz blanca y apática de los fluorescentes. Había cierto ajetreo de agentes. Entraban y salían con informes en la mano, iban a la máquina de café o charlaban entre sí.

—Bien. El despacho del detective que buscamos debería estar por ahí.

Abigail atravesó el pasillo mirando los cartelitos que colgaban junto a los marcos de las puertas. Laboratorios, sala de reuniones, detective Hudson, detective Strecht, ¡detective Harris!

—¡Lo he encontrado!

Sin dudarlo, se dirigió hacia la puerta con la intención de entrar —creía que no habría nadie—, pero tuvo que detenerse justo cuando su mano iba a posarse sobre el pomo. Al menos dos personas mantenían una conversación en su interior.

—No puedo entrar.

—¿Por qué? —preguntó Camille.

—Pues porque el detective Harris está en el interior de su propio despacho —dijo hastiada—. Está hablando con alguien. No sé cuántas personas puede haber dentro. ¿Qué hago ahora?

Camille reflexionó durante unos segundos. Su intuición le hizo creer que no había nadie en el despacho. La verdad era que había supuesto que el detective estaría investigando el crimen, como en realidad estaba haciendo, pero no en su despacho. «Los crímenes no se resuelven sentado», pensó. No obstante, no había vuelta atrás. Necesitaban el informe del caso de Abigail si querían tener alguna oportunidad de descubrir al asesino.

—¡Camille! Estoy de pie en mitad del pasillo. Como no me digas qué hacer comenzarán a hacerme preguntas y no sé qué contestar. Dime algo.

—¡Tranquila! ¿Puedes escuchar lo que están hablando en el despacho?

Abigail se concentró en el interior. Las voces que se escuchaban al otro lado de la puerta comenzaron a sonar más nítidas.

—Los escucho hablar. Son dos detectives. Supongo que uno de ellos será nuestro hombre.

—¡Genial! Quédate junto a la puerta. Si alguien te pregunta, di que estás esperando al detective Harris.

—De acuerdo.

Abigail, más tranquila, se pegó todo lo que pudo a la puerta, aunque manteniendo la compostura para no llamar la atención. Cualquiera que lo viera pensaría que se trataba de un agente esperando las órdenes del detective de turno, bien para mostrarle un informe o para informarle de cualquier cosa.

—Es un caso peculiar, duro de roer. Pocos indicios, menos pruebas y apenas posibilidades de establecer una línea de investigación que conduzca a alguna parte.

—No ha podido describirlo mejor.

—La cuestión es, detective Harris, que no existe el asesino

perfecto. Todos la cagan tarde o temprano. ¿Hay alguna posible relación con otros casos? Quizás nos enfrentemos a alguien que haya matado más de una vez.

El detective negó con la cabeza.

—No hay indicios de que se trate de un asesino en serie. He buscado en los registros, pero el método llevado a cabo con esta joven no coincide con ningún otro.

—Bueno, al menos es algo. Tiene el consuelo de que no haya más víctimas.

—Sí, supongo.

—Oh, vamos. Le conozco, Harris. Sé que peca de negatividad. No es la primera vez que le oigo hablar así horas antes de resolver el caso.

—En esta ocasión no exagero. Estamos ante un caso complejo —dijo el detective—. La víctima, Abigail Thompson, presenta señales evidentes de ensañamiento. La asesinaron haciendo uso de una violencia desmedida. Utilizaron un arma blanca muy afilada. Sin embargo, la autopsia ha revelado la ausencia de fluidos corporales, lo que descarta la violación o que se tratara de un agresor sexual. También puede descartarse que el móvil fuera el robo, pues sus cosas aparecieron con ella. Llevaba en la cartera cerca de sesenta dólares y tanto el dinero como sus tarjetas de crédito están intactos. Todo esto nos hace pensar que hay un móvil oculto en el asesinato, alguna causa personal que se nos escapa. Eso o estamos buscando a un desquiciado que mata sin más, lo que complica la situación.

—¡Oh, Dios mío! —exclamó Abigail.

La descripción del asesinato que acababa de escuchar —el suyo propio— le había producido una sensación que horadaba en su interior de una manera que jamás había experimentado. Pensó por unos instantes que iba a perder el conocimiento incluso. ¿Se habían ensañado con ella?

—Mantén la calma, Abigail. No hagas ninguna tontería —

dijo Camille mientras miraba su reloj. Se estaban arriesgando mucho—. Sé que es complicado, pero tienes que aguantar.

—¿Lo estás escuchando?

—Puedo escuchar y ver a través de ti en este momento. No pierdas los nervios.

Esa afirmación no pareció importarle a Abigail. La realidad pesaba más que las palabras.

—¿Qué me hicieron, Camille?

Esta estaba cada vez más preocupada, ya que dudaba de que Abigail aguantase aquella presión. No le culpaba. Tal vez el error había sido suyo por creer que ella estaba preparada para hacerlo. Por si esto no fuera suficiente, cada segundo que pasaba haciendo uso de su poder aumentaba la probabilidad de que Cerbero apareciera de un momento a otro.

—Averiguaremos toda la verdad y quién te hizo eso. ¿Sospechas de alguien que te guardara rencor?

—No para asesinarme. ¿Quién te piensas que era? Soy normal, o más bien lo era, o lo que sea. Tengo amigos que ni siquiera son capaces de matar una cucaracha. No, no veo a nadie de mi círculo interno haciendo algo tan horrible. Ni tampoco le he dado razones a nadie para hacerme algo así.

—Pero ya has escuchado al detective. Todo indica que había un móvil personal.

—También ha mencionado lo del desquiciado —dijo Abigail.

—No tenemos tiempo siquiera para valorar esa opción.

—¡¿Y qué quieres que te diga?! —dijo Abigail. Cada vez estaba más nerviosa.

Camille miró de nuevo el reloj. Necesitaba ese informe para ver ella misma los avances del caso y así poder continuar la investigación. Estaba a punto de darle instrucciones a Abigail cuando se percató de que se le había acabado el tiempo.

Tras ella, tan solo a unos pocos metros, una ambulancia se detuvo en seco, chirriando sus neumáticos contra el asfalto. Camille se giró y la observó en tensión. No era una buena señal.

No obstante, la ambulancia retomó la marcha como si nada y toda la atención que había provocado en los transeúntes se esfumó. Solo Abigail continuaba mirando hacia allí. Tal y como esperaba, en cuanto a la ambulancia avanzó un par de metros, dejó al descubierto a un hombre que había de pie al otro lado. Se trataba de un hombre elegante, de aspecto atemporal y acompañado de dos grandes perros.

—Cerbero... —susurró Camille. Era consciente de que corrían un gran peligro, pero esperaba disponer de algunos minutos más, los necesarios para escapar. Sabía que todo el poder que estaba utilizando serviría a Cerbero para encontrarla, pero había confiado en disponer de más tiempo. Sin embargo, este se les había acabado. Los canes, esquivando el tráfico con soltura, comenzaron a correr hacia la comisaría.

Antes de darse la vuelta, la mirada de Camille y la de Cerbero se encontraron durante un segundo, tiempo suficiente para desafiarse. No era la primera vez que estaban en esa situación ni sería la última. Ella era consciente de que había cometido un gran error. Cerbero podía utilizar los cuerpos de los recién fallecidos para transportarse de un lugar a otro. Nueva York era una ciudad demasiado grande en la que constantemente moría gente, una cascada continua de decesos que le servían como portal. Por ello, en cuanto Cerbero percibió el despliegue de poder por parte de Abigail, solo tuvo que esperar. Por eso se detuvo la ambulancia, por eso Cerbero apareció junto a ella. Allí habría un cuerpo sin alma que él pudo utilizar para acercarse hasta ese poder que había percibido.

Camille subió las escaleras a toda velocidad. No le preocupaba su integridad ni mucho menos su vida. Los seres del Umbral no pueden morir como tal —no están vivos—, pero con Abigail era diferente. Su alma estaba ahí, y si Cerbero la atrapaba, sería suya para el resto de la eternidad.

—¿Dónde estás, Abigail? —preguntó al entrar a la comisaría. Sin embargo, no hubo respuesta. Al fondo escuchaba los ladridos de los perros cada vez más cerca. No estaba segura de que a Cerbero se le permitiera entrar, pero aun así podían montar guardia en las salidas. Ella y Abigail estaban en problemas.

—¿Acaso has perdido algo?

No era Abigail, sino Cerbero. Se estaba comunicando con ella.

—Vuelve a tu agujero —contestó Camille—. No tienes nada que hacer aquí.

—En cuanto me entregues lo que me pertenece. No me lo pongas más difícil.

—¡Jamás!

—Te llevo ventaja, Camille. Solo tengo que esperar que pasen las horas. Tu energía y la de la joven se agotan.

—Ya lo veremos.

Dicho esto, Camille bloqueó sus pensamientos. Sabía que Cerbero intentaría llevar a cabo cualquier estratagema para distraerla. Sin embargo, en una cosa sí que tenía razón: les llevaba ventaja. La presencia en el Mundo de los Vivos tenía un coste, una energía que les da forma y poder, semejante al combustible para un vehículo. Si esa energía se agota, Camille regresaría al Umbral de los Muertos, pero Abigail se quedaría atrapada en el Mundo de los Vivos, degenerándose con el paso del tiempo y convirtiéndose en un esbirro de Cerbero. Él tenía todas las de ganar, pero Camille no se lo iba a poner tan fácil.

Entró en la comisaría y miró a su alrededor. «Departamento de Homicidios a la izquierda», pensó. Hasta allí fue, pero no había rastro de Abigail. La llamó de nuevo, trató de percibir dónde se encontraba, pero era inútil. Cada vez más nerviosa, aprovechó un momento de despiste para entrar en el área restringida de la comisaría. Estaba corriendo un riesgo altísimo, pero no podía hacer otra cosa con Cerbero ahí mismo.

—¡Abigail! —gritó en el silencio de su mente.

—¡Camille! ¿Dónde te habías metido? Tengo el informe. Voy a salir de aquí cuanto antes.

Camille se detuvo en seco.

—Pero ¿dónde estás?

—En los niveles inferiores. Se trata de una especie de archivo gigantesco —dijo Abigail.

—Dirígete a la puerta trasera. ¿Me has entendido? Tenemos problemas.

—No tardo. Estoy llegando a la escalera.

—Te espero allí.

Sin perder ni un segundo, Camille se dirigió hacia la parte trasera del edificio. Tuvo suerte de encontrar un plano en una de las paredes del pasillo. Así, pasados unos minutos, Abigail y Camille se encontraron en la escalera de servicio de la parte trasera.

—¡Camille! —exclamó Abigail efusiva.

—No hay tiempo para hablar. Tenemos que irnos.

—Pero tengo el informe —dijo Abigail, que lo lucía como un trofeo.

Sin embargo, Camille no se detuvo y se dirigió hacia la puerta. Si querían escapar, tenían que ser muy rápidas. La puerta estaba abierta, pero la suerte se había terminado. Al otro lado del umbral, bañado por la claridad del día, se encontraba Cerbero. Este las recibió con una sonrisa que tenía poco de simpática. Los ojos parecían tener luz propia. Sus perros, tras él, enseñaban los dientes y rugían amenazantes.

—Esperaba más de ti, Camille —dijo Cerbero—. Entrégame a esta joven.

Su voz era profunda a la vez que áspera.

—Todavía tengo tiempo para averiguar lo que le ocurrió. Aún puede cruzar el río.

Cerbero, haciendo oídos sordos a las palabras de Camille, tendió el brazo a Abigail.

—Yo también puedo mostrarte la verdad, Abigail. Solo tienes que darme la mano. Así de fácil.

Pero ocurrió algo. De repente, los perros comenzaron a ladrar y a aullar, no a las dos mujeres, sino hacia un contenedor de basura que había un poco más allá. Sobre la tapa, varios gatos se habían alertado por los ladridos. No obstante, uno de ellos mantenía la mirada fija en los perros.

—Maldito —dijo Cerbero.

El gato, como si le hubiera escuchado, saltó del contenedor y aterrizó en el suelo con agilidad. Ante tal movimiento, los perros retrocedieron varios pasos y hasta Cerbero se mostró incómodo. Camille comprendió que era una oportunidad irrechazable.

Sujetó a Abigail del brazo y salieron corriendo.

—¡Ahora! —gritó. Atravesaron el umbral y corrieron con todas sus fuerzas hacia el gato, se trataba del mismo que había guiado a Abigail hasta Central Park después de salvarla de su perseguidor.

—¡Es el gato! —exclamó.

—Cógelo y no te detengas —ordenó Camille.

Cerbero, decepcionado, gritó a Camille.

—*Esto es una pérdida de tiempo. Te haré regresar al Umbral y me llevaré su alma conmigo. Lo sabes, Camille.*

Pronunció estas palabras en el lenguaje de los muertos. Camille lo entendió perfectamente, pero Abigail solo escuchó un grito gutural y profundo que le recordó al que pronunció el extraño hombre que la persiguió hasta el metro.

—¿Qué es ese ruido? —preguntó Abigail mientras corría con el gato en sus brazos.

—La lengua de los muertos. ¡Corre!

CAPÍTULO 9

LAS DOS MUJERES corrieron hasta asegurarse de que Cerbero no había ido tras ellas. Para ello se internaron por una serie de callejones, cruzaron varias calles y acabaron en una pequeña plaza interior en la que había varios gatos rondando y unos niños correteando de un lado a otro.

—Si nos hubiera seguido, ya lo sabríamos. Escucharíamos los ladridos de sus perros. Tenemos un par de minutos para pensar —dijo Camille.

—No es muy reconfortante tener solo un par de minutos —dijo Abigail tratando de recuperar el aliento.

—Es lo que hay. Ahora dime, ¿dónde te metiste en la comisaría? Te arriesgaste demasiado.

Abigail se dejó caer sobre un banco. El gato permanecía en sus brazos, y el informe de su propio asesinato, doblado concienzudamente y metido en su bolsillo.

—Déjame que recupere el aliento. ¿Aunque cómo puedo sentir asfixia si estoy muerta?

Camille se sentó a su lado y miró el reloj.

—Estamos en el Mundo de los Vivos. Aquí tenemos que

seguir sus reglas; creo que ya te lo he mencionado. Si haces un esfuerzo, lo notarás; si metes la cabeza bajo el agua, te ahogarás; y si te tiras por un puente…

—¿Moriré otra vez?

—No. Simplemente, tu alma regresará al Umbral y vagará para toda la eternidad. —Miró hacia uno de los callejones. Habían despistado a Cerbero, pero no podían confiarse—. Ahora dime qué ocurrió en la comisaría. Cuando llegó Cerbero bloqueé mis pensamientos, pero ya antes me fue imposible contactar contigo.

—Supongo que me dejé llevar por los hechos. El detective Harris estaba hablando con un compañero acerca de mi caso. Lo escuché todo, pero no podía hacerme con el informe. Me dijiste que permaneciera en la puerta y así lo hice. Pero un minuto después, salieron del despacho. Ese tal detective Harris dijo que iba a llevar el informe al archivo para que lo duplicaran. Así que lo seguí. Confié en ti y entré al almacén como si nada. ¡Fue el propio Harris quien me entregó el informe! Esperé a que se marchara para irme yo también. Después volvimos a hablar de esa manera «telepática».

Camille asintió sin mostrar emoción alguna, aunque en el fondo estaba orgullosa de Abigail.

—¿Te lo entregó sin más?

—Creyó que era un agente asignado al almacén. No fue muy difícil.

—Tengo que reconocer que me has sorprendido. Ahora veamos ese informe.

Abigail lo sacó del bolsillo y lo desdobló con cuidado. El informe completo consistía en un par de folios, ya que el resto de archivos estaban informatizados. Aun así había bastante información acerca del caso. Juntas, con la máxima atención, lo leyeron en pocos minutos. Camille pudo sentir como la joven se estremecía al leer los detalles de las circunstancias de su muerte.

—Aquí están las conclusiones obtenidas por la autopsia. Tu

muerte se produjo entre las cinco y las ocho de la tarde, lo que significa que pasaron varias horas antes de que te dejaran en esa carretera. A esa hora hay demasiado tránsito como para dejar un cadáver sin ser visto.

—Ya veo... —susurró Abigail.

—Lo que podemos deducir de esta información es que el asesino esperó hasta poder deshacerse de tu cuerpo en ese punto de la carretera. De no ser así, podría haberte dejado en cualquier otra parte.

Camille le dio un par de segundos para que asimilara toda la información.

—¿Has podido recordar algo? ¿Algún detalle de tu pasado?

Ella negó con la cabeza. Las lágrimas volvían a caer por sus mejillas.

—¿Cómo pudieron hacerme algo así? —preguntó Abigail con un hilo de voz—. Asesinarme de esa manera.

Camille cogió sus manos y las apretó en un intento por consolarla.

—Lo vamos a averiguar. Tenlo por seguro.

La joven asintió en silencio.

—Pero ¿qué vamos a hacer ahora? No tenemos ninguna pista que seguir. Si pudiera recordar aunque fuera lo más nimio...

—No es necesario torturarse de esa manera. Continúa rebuscando en tu memoria, tarde o temprano obtendrás resultados. Además, ¿qué es eso de que no tenemos nada que seguir? Vamos, tenemos que ir a un cibercafé. Necesito un ordenador.

Ambas se levantaron del banco. Abigail no sabía a qué pista se refería Camille, pero había llegado a un punto en el que confiaba en su criterio. Había seguridad tras cada uno de sus actos.

—¿Y el gato? —preguntó Abigail. Camille arqueó las cejas.

—Puede que necesitemos un cibercafé donde acepten mascotas —dijo.

—Tiene que haber alguno en Nueva York —contestó Abigail
—. Nunca he ido a ninguno, pero sé que están de moda. Nunca
me han gustado esos sitios, pero si no hay más remedio…

—Lo buscaré en mi móvil. Mientras tanto, salgamos de esta
plaza. No es lo más recomendable quedarnos quietas tanto
tiempo en un lugar como este. Si nos movemos, será más difícil
para Cerbero encontrarnos.

Salieron de nuevo a una avenida transitada, donde Abigail se
sentía más segura. El hecho de ver más gente a su alrededor y
sentir aquella normalidad como parte de ella —aunque no fuera
así— le reconfortaba. Por unos instantes sintió que todo lo que
estaba viviendo no era más que una alucinación, y que ella,
Abigail Thompson, continuaba con vida.

—¿Has encontrado algo? —preguntó.

—Un par de ellos, pero van a cerrar dentro de poco.
Necesitamos uno en el que podamos estar un par de horas
tranquilas.

Justo en ese momento pasaron frente a una tienda de
recuerdos para turistas y Camille se detuvo en seco. Abigail se
sorprendió.

—¿Acaso vas a llevarte un recuerdo?

—No, pero un mapa me sería muy útil. Seguro que aquí
tienen.

—No te he preguntado de dónde eres —dijo Abigail.

—No soy de este mundo —contestó Camille como si sus
palabras no tuvieran nada de extraordinario—. ¿Con eso tienes
suficiente?

—Supongo que no me vas a dar muchas más explicaciones.

—Me encantaría, pero no disponemos de tanto tiempo —dijo
Camille—. Después se dirigió al interior de la tienda.

Minutos más tarde salió con varios mapas en el bolsillo de la
chaqueta.

—He comprado uno de la ciudad de Nueva York y otro del
estado. Seguro que tendremos que utilizarlos llegado el

momento. También he encontrado el cibercafé que estábamos buscando. Se llama WildNet, está en Queens. El dependiente es un apasionado de los gatos y me ha dado la dirección.

—Un golpe de suerte. Podemos ir andando, pero tardaremos demasiado tiempo —añadió Abigail.

—Eso es algo que no podemos permitirnos. Cogeremos un taxi —dijo Camille dirigiéndose hasta el borde de la carretera.

Abigail la observó sorprendida. El concepto más básico era que Camille —una extraña mujer que no tenía sombra y que podía comunicarse con ella por vía telepática— estaba allí para ayudarla, y así se lo había demostrado desde que la encontró frente a su piso. ¿A qué exactamente? A cruzar el río, tal y como le había dicho; a dejar definitivamente aquel mundo del que la habían echado antes de tiempo.

—Mala hora para coger un taxi —dijo Camille mirando su reloj.

—Mucha gente sale de trabajar ahora. Hay atascos por todas partes —dijo Abigail. Se veía tranquila, pero miraba continuamente a un lado y a otro. Cuando escuchaba el ladrido de un perro a lo lejos se le erizaba la piel y su cuerpo se tensaba.

—Pase lo que pase, no te separes del gato. No detendrá a Cerbero eternamente, pero le pondrá las cosas más difíciles. Nos hace ganar tiempo.

—Dalo por hecho —dijo Abigail apretando al felino entre sus brazos.

Camille levantó el brazo una vez más, pero tenían la mala suerte de que casi todos los taxis que pasaban por allí estaban ocupados.

—Podemos coger el autobús —dijo Abigail. Camille se planteó la idea durante unos segundos, pero finalmente la desechó.

—Tardaremos demasiado tiempo. Además, podemos tener problemas con el gato. Necesitamos un taxi. Es lo más rápido.

Dicho esto, Camille dio un paso hacia delante, bajó la acera y volvió a levantar el brazo.

—Creo que tenemos uno —dijo Camille.

Estaba en lo cierto. Apenas un minuto después, un taxi se detenía frente a las dos mujeres.

—Vamos. Tenemos que llegar a esa cafetería cuanto antes.

CAPÍTULO 10

AFORTUNADAMENTE, el camino a la cafetería estaba bastante más despejado y solo tardaron diez minutos en llegar. El sol comenzaba a caer de modo irremediable sobre el horizonte, aunque todavía quedaban un par de horas de luz. Razón de más para que Camille insistiera constantemente en que tenían que darse prisa. Ella sabía lo importante que era tener el sol sobre sus cabezas. La noche era un escenario bien distinto, en el que un simple gato no las mantendría a salvo.

Una vez en el interior, pidieron un café y se sentaron en uno de los ordenadores. Tanto Abigail como Camille estaban sorprendidas de que existiera un lugar tan pintoresco como ese. Las paredes eran de colores vivos y estaban dibujados todo tipo de gatos. Al fondo, más allá de los ordenadores, había varios sofás en los que un grupo de personas mantenían una conversación al mismo tiempo que jugaban con sus mascotas, que iban de un lado a otro a través de todo un parque de juegos que simulaba una especie de selva gatuna.

—Jamás he estado en un sitio como este —dijo Abigail—. Como no tengamos cuidado, beberemos café con pelos de gato.

—Siempre hay una primera vez para todo —dijo Camille,

que necesitaba algo más que una cafetería repleta de gatos para sorprenderse.

El tiempo iba en su contra, por lo que tenían que ponerse manos a la obra inmediatamente. Escogieron uno de los ordenadores que estaba más apartado y se sentaron las dos frente a él. El gato, todavía en brazos de Abigail, no le quitaba ojo a sus congéneres, que saltaban de un lado a otro.

—Esto es como un parque de atracciones para él —dijo Camille mientras el ordenador se encendía. No eran lo último en informática, y eso se notaba en la velocidad.

—¿Lo llevo hasta allí? —preguntó Abigail.

—No te preocupes. Si quiere irse, se irá —dijo Camille—. Voy a echarle otro vistazo al informe.

—¿Crees que se nos puede haber pasado algo por alto?

Camille encogió los hombros.

—Quién sabe. Hay que fijarse en todos los detalles aunque supongamos que son irrelevantes. Todo sería mucho más sencillo si ese detective Harris tuviera la investigación encaminada, pero al no ser así, tendremos que hacerlo por nuestra cuenta.

Tras sus palabras, las dos mujeres releyeron el informe con atención, asimilando cada palabra y extrayendo toda la información. Como cabía esperar, la información era la misma que antes.

—Si asumimos que hay un móvil personal detrás de tu asesinato, quizás deberíamos investigar más del lugar donde dejaron tu cuerpo: la carretera 47 —dijo Camille.

—Estoy de acuerdo.

Camille tecleó con agilidad y abrió toda clase de páginas que albergaban información de esa carretera secundaria del estado de Nueva York. Había más noticias de las esperadas. Afortunadamente, la digitalización había permitido que noticias relacionadas con la carretera de hace muchos años estuvieran disponibles. Así las dos pudieron navegar por los múltiples sucesos que tenían como columna vertebral esa carretera. A lo largo de los años se habían producido numerosos accidentes y por las más diversas causas.

—Esta carretera se ha cobrado muchas vidas por lo que veo —dijo Camille.

Abigail miraba la pantalla con atención, pero le era difícil no observar como la luz que emanaba del monitor atravesaba a Camille y caía en la pared como si esta no estuviera allí. Pensó por unos instantes que se trataba de una alucinación o que hubiera sufrido una crisis psicótica —pese a que nunca había tenido constancia de ello—. Sin embargo, era Camille quien manejaba el ratón y el teclado, quien tecleaba en una página y en otra, por lo que, de alguna manera que escapaba a su razón, ella realmente existía. Todo era real.

—¿Has visto algo que puedas relacionar con tu caso? —preguntó Camille. Abigail volvió a ojear el informe.

—En el apéndice se menciona «Posible relación con el caso Norton», pero no tengo la menor idea de lo que puede significar. Ni siquiera soy capaz de recordar esa maldita carretera. Siempre he vivido en Nueva York. Si he pasado por ella, ha sido al ir de vacaciones a Boston.

—Seguro que Google nos saca de dudas —dijo Camille. Mientras tanto, el gato saltó de los brazos de Abigail y se dirigió a un rincón de la cafetería en donde había otros gatos que parecían jugar en torno a un árbol de plástico. Esta lo observó y sintió un escalofrío.

—¿Qué le ocurre a Cerbero con los gatos? Todavía no me explico cómo esos perros gigantescos no tuvieron valor para acercarse.

—Los gatos son también guardianes del inframundo y protectores de las almas. No lo parece, pero estas criaturas albergan un gran poder. En cuanto a los perros, forman parte de Cerbero al igual que Cerbero forma parte de los perros. Son todos uno. Piensan lo mismo y perciben lo mismo del exterior.

Abigail asintió reflexiva.

—¿Todos los gatos que hay aquí son guardianes? —preguntó Abigail. Camille retiró su atención de la pantalla del ordenador y se giró hacia donde jugaban los gatos—. No, solo el que nos acompaña. El resto son gatos normales y corrientes del Mundo de los Vivos.

—De igual forma, estaré a salvo si lo mantengo junto a mí, ¿no es así?

—Es cierto que Cerbero recela de su poder, pero tarde o temprano encuentra la manera de librarse de ellos.

Abigail frunció el ceño y Camille volvió a centrarse en el ordenador.

—¿Cerbero era el hombre que me perseguía antes de conocernos?

—No. Ese era un esbirro.

El rostro de la joven se ensombreció. No le gustaba cómo sonaba esa palabra.

—¿Qué es un esbirro? —preguntó sin tener muy claro si quería saber la respuesta.

Camille torció los labios con una mueca.

—Es difícil de explicar. De una manera sencilla, te puedo decir que se trata de un alma que se ha quedado atrapada en el Mundo de los Vivos. La debilidad que se va apoderando de ella la vuelve irracional, maligna, y termina por sucumbir ante Cerbero, que las utiliza a su voluntad.

—Pero también temen a los gatos.

—Oh, sí, y mucho más que Cerbero, ya que no tienen poder suficiente para enfrentarse a ellos.

La explicación de Camille provocó una fuerte impresión en Abigail. Tal y como había intuido, no se escondía nada bueno tras esa palabra. No obstante, en su ignorancia quiso hallar esperanza, aunque no la encontró.

—¿Por qué no hemos visto a ninguno de esos esbirros en todo el día?

Camille dejó de teclear y encaró a la joven.

—Que no los veas no significa que no estén ahí. Yo los he visto, pero he creído que no sacaríamos ningún provecho si te lo decía.

—¡Así que me has puesto en peligro! Deberías habérmelo contado.

—¡Tss! No hables tan alto. No, no te he puesto en peligro. Durante las horas de sol los esbirros se debilitan, apenas tienen la capacidad de cobrar forma y mucho menos de actuar. Es durante la noche, cuando el poder de Cerbero aumenta, cuando los esbirros se vuelven más molestos. Utilizan su poder para cumplir la voluntad de su amo.

—¿De noche se vuelven más poderosos?

—Así es —afirmó Camille mientras seguía atenta a la pantalla—. La noche es como un reflejo del inframundo y de todo lo malo que allí se alberga. Por eso la mayoría de delitos se cometen de noche: asesinatos, desapariciones… Una muerte violenta y repentina significa, con bastante probabilidad, un alma que jamás cruzará el río y un alma más al servicio de Cerbero.

Abigail tragó saliva con gran esfuerzo.

—¿Es lo que me puede ocurrir a mí?

—Solo si no conseguimos averiguar qué te ocurrió y quién estuvo detrás. Pero lo lograremos. Tenlo por seguro. El problema principal es que Cerbero ya sabe que cuentas con ayuda, por lo que asimilará la energía de sus esbirros para hacerse más poderoso. No obstante, podemos aprovechar ese tiempo mientras tanto. Tenemos la ventaja de que desconoce dónde estamos.

Abigail guardó silencio y giró la cabeza para observar al gato que supuestamente había sido y era su salvador. Se trataba de un gato negro normal y corriente, que se movía como un gato y hacía todo lo que se supone que hacían estos animales. Sin embargo, mientras se fijaba en él, el animal se dio la vuelta y la encaró, la miró fijamente a los ojos como si supiera cuál era el objeto de su pensamiento. Aquel cruce de miradas duró apenas unos segundos, pero Abigail experimentó una calma total, un sosiego que la hizo despreocuparse de Cerbero y sus esbirros. «Protectores de almas», pensó.

—Realmente se han producido muchos accidentes en esa carretera. Incluso llegó a haber una especie de asociación que reclamó medidas a las autoridades para incrementar la seguridad —dijo Camille. Sus palabras trajeron a la joven de vuelta a la realidad.

—¿Hubo muchos asesinatos?

—Más bien, muertes en general. Más de las que podía imaginarme. Es extraño que no encontráramos ningún farero. Se han producido muchas muertes, es un lugar trágico. Una carretera oscura y con muchas curvas. Además, suele ser una opción para todos aquellos que conducen con unas copas de más y se estrellen ahí. Los controles policiales suelen ponerse cerca de la autopista, no en una carretera secundaria. Un punto negro en el sistema de carreteras del estado, de eso no hay dudas.

—Pero ¿qué tiene que ver todo eso conmigo? Ni siquiera tengo coche —dijo Abigail.

—Eso es lo que tenemos que averiguar. —Después Camille se ocultó el rostro con las manos—. Pensemos un poco. Por el estado en el que apareció tu cuerpo se puede presuponer que quien lo hizo te guardaba mucho rencor; te odiaba. A esto hay que añadirle el hecho de que te dejara en ese punto exacto de la carretera. Esa persona se arriesgó a que la descubrieran. Debería tener un motivo.

—Sigo sin verlo claro.

Camille hizo un gesto con los labios. Estaba cerca de algo. Lo intuía.

—Si estas conclusiones son ciertas, hemos de suponer que el lugar donde apareciste debe tener un significado. No pudo ser una acción arbitraria.

—¿Hay alguna manera de saber qué accidentes tuvieron lugar en ese punto? —preguntó Abigail señalando hacia la pantalla. Camille torció los labios.

—Tardaríamos demasiado tiempo. La única información de la que disponemos son las publicaciones de los periódicos, pero no sabemos hasta qué punto son exactas. Tenemos que centrarnos en los accidentes en los cuales hayan estado involucradas dos partes: una víctima y un culpable. Esto da sentido a la teoría del rencor —explicó Camille.

Abigail comprendía su razonamiento, pero insistía en que no recordaba nada de esa carretera ni nada que a ella le hubiera sucedido allí.

—Confiemos en que los recuerdos salgan a luz. Mientras tanto, podemos comprobar qué accidentes entran dentro de nuestra selección. Por ejemplo, fíjate en esta noticia. Es la más trágica que he leído hasta ahora. Una moto fue embestida por un coche cuyo conductor iba ebrio. La moto era conducida por un joven que falleció en el acto; Howard Right se llamaba. Su hermano, que iba con él, sobrevivió. Howard era el mayor, sin embargo solo se llevaban dos años. Observa las fotografías: es el mismo lugar donde apareció tu cuerpo.

Abigail afinó la mirada y se centró en las imágenes. Eran en blanco y negro. En una de ellas destacaba la blancura de la sábana que tapaba el cadáver del joven. En otra instantánea se mostraba a la que debía de ser la madre, rota de dolor. Miró con tal fijación las fotografías y todo lo demás quedó en un segundo plano. Sin embargo, aquello no era fruto de la concentración, sino de algo muy diferente. Quiso parar, dejar de mirar, pero no podía hacerlo. Entonces, sin previo aviso, todo a su alrededor se oscureció y sintió que algo tiraba de ellas hacia atrás, desplazándola a gran velocidad. Pensó que se trataba de Cerbero, pero apenas podía reaccionar. Experimentó aquella succión hasta que notó como su ser se detenía en seco. Miles de imágenes y recuerdos pasaron frente a sus ojos, tan veloces que solo podía reconocerlos vagamente. Ahí fue cuando lo vio.

—¡Abigail!

La voz de Camille la hizo volver a la realidad. De repente, volvía a estar en la cafetería gatuna de Queens.

—Lo he visto —dijo sobresaltada.

—Tranquila, Abigail. Mantén la calma. Estás a salvo —dijo Camille poniéndole las manos sobre el rostro.

La joven miraba a un lado y a otro como si no se fiara de las palabras de Camille. No tenía la menor idea de lo que había sucedido. Las personas que estaban en los sofás las miraron con curiosidad.

—¿Qué has visto? —preguntó Camille.

—A mi padre —dijo jadeante—. Le ocurrió algo en esa carretera. Ahora lo recuerdo. Yo era muy pequeña. Camille, ¿qué me está pasando?

—No te preocupes. Has sufrido una regresión. Tu alma está empezando a recordar. Es traumático, pero puede sernos de mucha ayuda. Además, es una muy buena señal. Puede que tú seas quien encuentres la respuesta a todo.

Abigail asintió con emoción. Por unos instantes sintió que una parte de ella seguía con vida. Todo lo que sentía en ese momento… Si realmente estaba muerta, ¿de dónde provenían todos esos pensamientos?

—Has dicho que a tu padre le sucedió algo en la carretera 47. Tenemos que hablar con él de inmediato. ¿Dónde está? —preguntó Camille.

Abigail negó con la cabeza.

—Falleció hace años. Una muerte apacible y esperada. No sé si eso tiene relevancia en todo esto.

—Eso complica las cosas, pero al menos encontramos una pista que seguir. En el informe de tu caso también se menciona una posible relación con el caso Norton. Vamos a ver de qué se trata. No te recuerda a nada, ¿verdad?

—Me temo que no.

De nuevo, los dedos de Camille bailaron ágiles sobre el teclado. Tal habilidad le hizo preguntarse a Abigail si allí de dónde venía Camille existían los ordenadores.

—¡Aquí lo tenemos! Al parecer fue un escándalo de consideración, por lo que hay mucha información disponible. ¿Te viene a la cabeza el nombre de Norton? —insistió.

—Ahora mismo no, aunque quizás no sea capaz de recordarlo. No lo sé.

Camille se inclinó hacia la pantalla.

—Veamos. Aquí dice que un juez del condado, el ya mencionado Paul Norton, fue acusado de librar de la cárcel a un político local que tuvo un aparatoso accidente en la carretera 47. Según los testigos, que no fueron tenidos en cuenta durante el juicio, iba tan borracho que no podía mantenerse en pie siquiera.

—Mi padre no era político —dijo Abigail—. Ni nunca estuvo relacionado con ellos.

—Tranquila, eso fue solo el principio. A raíz de esto salieron a la luz numerosos acuerdos ilícitos que el juez Paul Norton mantenía con empresarios de la zona. No aparecen nombres, pero a muchos de ellos les evitó el tener que pasar por la cárcel. Era corrupto como él solo. Sin embargo, por lo que dice aquí, ninguno de sus amiguitos reconocieron los hechos y lo dejaron solo en los peores momentos; puede que pactaran con la fiscalía para evitar verse involucrados. El juez fue el único condenado a prisión por tráfico de influencias, sobornos y malversación. En total, quince años de cárcel. Pero lo interesante es que el juez fue asesinado al poco tiempo de entrar en prisión por presos que él mismo había encarcelado. Una historia dramática.

—Estamos en un callejón sin salida, ¿no es así?

Camille levantó su dedo índice para señalar que la historia no se había acabado.

—Aquí está lo realmente interesante. El hijo del juez desapareció días después del funeral, dejando una nota en la que decía que haría pagar a todos los involucrados, al igual que lo hizo su padre. Decía tener información de quiénes recurrieron a sus «servicios» y que ninguno quedaría impune.

—Eso podría encajar con mi... muerte —dijo Abigail.

—Sí, si el juez Norton ayudó a tu padre con lo que le ocurrió en la carretera 47. ¿Lo ves posible? La regresión que has sufrido, ahí puede que esté la respuesta.

La pregunta de Camille causó impresión en la joven. No solo se trataba de averiguar quién estaba detrás de su muerte —lo que ya era de por sí bastante retorcido—, sino que además tenía que enfrentarse al pasado más oscuro de su familia, el cual, por si no tenía suficiente, podía haber provocado que la asesinaran.

—No sé qué decirte, Camille. Mi padre era un hombre bueno. Trabajaba mucho y todos lo querían.

—Esto no se trata de buenos y malos, sino de saber si todo esto te ha costado la vida a ti. ¿A qué se dedicaba tu padre?

—Tenía una empresa de construcción. No éramos ricos, pero vivíamos cómodamente.

Camille se mordió el labio y miró a la pantalla.

—En ese caso, hay bastantes probabilidades de que el accidente de tu padre en esa carretera y el juez Norton estén relacionados.

—Sí, pero no hay constancia alguna de que el hijo del juez cumpliera su palabra —dijo Abigail—. ¿Acaso yo fui la primera? ¿Después de tantos años?

Las dos mujeres guardaron silencio durante unos segundos. Cabía la posibilidad de que el hijo del juez llevara a cabo su venganza contra los que abandonaron a su padre, pero nadie había sabido más de él. Habían transcurrido diez años desde su desaparición.

Camille chasqueó los labios.

—La esposa del juez Norton falleció no hace mucho. Hubiera sido una buena oportunidad. En cuanto a su hijo, no hay rastro de él.

La desolación invadió a Abigail.

—Estamos en el mismo punto que antes.

—No seas tan negativa. Estoy segura de que vamos por el camino correcto, pero necesitamos más información —dijo Camille mientras miraba su reloj. Había pasado un buen rato y no faltaba mucho tiempo para que comenzara a anochecer.

—¿Cómo vamos a conseguirla? —preguntó Abigail.

—Me temo que eso es cosa mía. Debo regresar al Umbral y comprobar si alguno de los implicados se encuentra allí, ya sea tu padre, el juez Norton, su esposa o ese chico de la moto. Sé que es complicado, pero quizás así consigamos arrojar algo de luz. En todos estos casos, podemos establecer la venganza como denominador común.

—Pero quizás el accidente de mi padre no implicó a más personas —dijo Abigail.

—No estoy afirmando lo contrario, pero si no tienes más recuerdos de lo sucedido es porque quizás te lo ocultaron. —Las palabras de Camille afectaron a Abigail—. Es lo más probable, ya que serías pequeña cuando tu padre tuvo el accidente. Y más si tu padre no actuó correctamente.

—Un buen momento para descubrir los trapos sucios de mi familia.

—Consuélate en que esos trapos sucios, como dices, pueden ayudarte a terminar con esta situación. Puede que tengamos las respuestas al alcance de la mano —dijo Camille.

—Tienes razón. No perdamos más tiempo. ¿Cómo regresamos al Umbral? —preguntó Abigail a la vez que se incorporaba de la silla.

—Tú no puedes venir, Abigail. Si regresas al Umbral, no podrás salir de él. Las almas no pueden entrar y salir a su antojo. No es tan sencillo.

La joven se dejó caer sobre la silla. No esperaba esa respuesta.

—¿Me vas a dejar sola?

Camille asintió con gravedad.

—No nos queda otra opción. Puede que ellos nos den las claves para comprender lo que te ocurrió y la única manera de conseguirlo es que yo regrese al Umbral.

—¿Y qué ocurrirá con Cerbero? —exclamó Abigail—. Si me encuentra, es el fin. No sé defenderme y tú mismo has dicho que pronto no temerá al gato.

—Comprendo tu miedo, pero Cerbero ha perdido el rastro y no será hasta bien entrada la noche cuando pueda encontrarte de nuevo. Para entonces ya habré regresado y estaré junto a ti, ¿de acuerdo? No tardaré. Te lo prometo.

—¿No hay otra manera de hacerlo?

—Si tuviéramos todo el tiempo del mundo, sería más fácil, pero ahora mismo no se me ocurre otra manera que hablar con los implicados; al menos intentarlo.

Sin embargo, Abigail estaba aterrada ante la idea de quedarse sola.

—¿Y qué pasa si esas personas o almas han cruzado ese río? Camille encogió los hombros.

—En ese caso, quedarían fuera de mi alcance y volvería con la misma información que manejamos ahora.

—No suena muy esperanzador —dijo Abigail.

—Averiguaré algo que nos permita avanzar. Confías en mí, ¿recuerdas?

Abigail asintió.

—¿Qué hago mientras tanto? —preguntó. Camille miró el reloj.

—Estaré de vuelta antes del anochecer, así que no tendrás problema en quedarte aquí hasta que regrese. El gato se quedará contigo. Sigue buscando información acerca de la carretera 47, ve vídeos, fotografías, todo lo que consideres que pueda resultarte útil para recordar.

—De acuerdo.

Entonces, Camille metió la mano en el bolsillo y sacó un pequeño frasco cristalino que contenía un poco de líquido en su interior. De él emanaba una luz clara, un ligero destello que Abigail no había visto nunca. Enseguida se lo ofreció a la joven.

—Esto se llama hydor, es agua del río Aqueronte. Guárdalo en un lugar seguro. Si por algún motivo tuvieras que huir o irte a otro lado, su luz me permitirá encontrarte. ¿Lo has entendido?

Abigail dijo que sí con el frasco en sus manos.

—¿Cerbero también puede percibir esta luz? —preguntó.

—¿De ser así te la habría dado? Con ella estás a salvo, no te preocupes. Pero lo más importante es que no te separes del gato.

—No tardarás, ¿verdad? —dijo Abigail.

—Te doy mi palabra —le respondió poniéndole una mano sobre el hombro—. Lo mejor es que me vaya cuanto antes. ¿Lo tienes todo claro? —Abigail movió la cabeza de arriba abajo—. Estupendo. Sigue mis consejos y estarás a salvo.

Después, Camille se puso en cuclillas y siseó para llamar al gato. Este reaccionó al instante y se acercó a ella. De los labios de Camille salió un sonido anómalo, parecido al que gritó Cerbero en el callejón, aunque no tan agresivo. «La lengua de los muertos», pensó Abigail.

—*El tiempo se acaba y seguimos lejos de la verdad. No queda mucho para que su alma quede atrapada* —le dijo Camille al felino—. *Cuídala hasta que regrese.*

El gato se deslizó por su cuerpo y saltó hasta los brazos de Abigail.

Camille, dispuesta a no perder más tiempo, salió de la cafetería y caminó en busca del lugar idóneo. No era aconsejable desaparecer con testigos delante, no quería llamar la atención y mucho menos que Cerbero pudiera seguir su rastro. No tuvo que dar muchos pasos para encontrar lo que estaba buscando: un edificio abandonado. Decidida, se internó en él, caminando tranquilamente. Ella no se fijó, pero al salir de la cafetería se convirtió en el objetivo ideal de dos ladronzuelos que iban en busca de una víctima fácil. La siguieron, situándose cada vez más cerca, e incluso tuvieron que contenerse cuando vieron a la mujer dirigirse hacia el edificio abandonado.

—Nos lo está poniendo muy fácil —dijo uno de ellos.

La mujer giró y se introdujo en la construcción por la puerta principal, que estaba echada abajo. Los delincuentes lo hicieron apenas tres segundos después, dispuestos a atracarla nada más entrar, pero se llevaron una desconcertante sorpresa: allí no había nadie.

—¿Pero qué? ¿Dónde diablos se ha metido?

No sabían qué pensar. A esa no le había dado tiempo a esconderse, ni siquiera a alejarse de la puerta.

—¡Joder! Esa zorra está jugando con nosotros. No me gusta esto.

—Sí, vámonos.

CAPÍTULO 11

EL RUGIDO amenazante de los perros escapaba de la oscuridad del callejón de la misma manera que lo haría el siseo de una serpiente. Poco a poco, el sol descendía y la claridad del día se transformaba en una densa luz anaranjada. Cerbero, oculto en la oscuridad del callejón, sabía que pronto llegaría su momento. No iba a permitir que el alma de la joven cruzara el río. No había aceptado su muerte y, por tanto, le pertenecía. Ya había estado cerca de atraparla en la comisaría, por lo que sabía que dispondría de otra oportunidad.

De repente, giró la cabeza y miró hacia algún punto en concreto del callejón, hacia donde se dirigieron los perros segundos después. Se escuchó un forcejeo, aullidos de dolor y huesos rotos. De esa misma oscuridad, originada por la sombra de varios edificios, salieron los perros con sendos gatos muertos en sus fauces. Al verlos, Cerbero sonrió de placer. Su poder crecía por momentos. Muy pronto se llevaría consigo el alma de Abigail.

Los grandes canes dejaron los gatos a sus pies y este se recreó observando sus cadáveres sanguinolentos. No eran guardianes de almas, sino gatos corrientes del Mundo de los Vivos, pero no le importaba. Los gatos en sí tenían algo que lo desquiciaban, los exterminaría a todos si tuviera la posibilidad de hacerlo.

—Acabaremos con esto muy pronto —dijo mirando hacia el cielo y los rascacielos. La noche caía sobre Nueva York.

En ese momento, dibujó una amplia sonrisa e inspiró profundamente. Después susurró unas palabras y cerró los ojos. Así permaneció cinco o seis segundos, hasta que los volvió a abrir de repente. Justo cuando los perros comenzaron a aullar.

—¿Qué intentas ahora, Camille?

CAPÍTULO 12

Camille abrió los ojos en el Umbral de los Muertos. En un instante había dejado atrás aquel decrépito edificio de Nueva York y traspasado a una realidad totalmente diferente. Había regresado a su mundo y tenía que darse prisa. Sabía que el tiempo como tal no existía allí, que no podía medirse de la misma manera en que se medía en el Mundo de los Vivos. En el Umbral la eternidad lo colmaba todo, era el fundamento de la existencia y, de ese modo, daba lugar a una realidad totalmente diferente, incomprensible a los ojos de una persona.

La parte superior del Umbral consistía en un cielo cubierto de nubes rojizas que emanaban luz propia y teñían toda la extensión de su mismo color. La tierra, esa por donde las almas vagaban de un lado a otro, era oscura y yerma. El río Aqueronte actuaba como frontera de aquel lugar, bañando con sus aceitosas aguas el borde de la tierra. Más allá una luz, como un amanecer constante de un horizonte repleto de soles, no permitía ver lo que había al otro lado. Nadie que no hubiera cruzado el río podía saber qué había al otro lado; y nadie de los que cruzaban regresaban.

Desde su posición, Camille observó las almas que vagaban

de aquí allá. Pensó que no existía número alguno para reflejar tal cantidad. Allí vagaban almas de todas las épocas y condición, sin embargo, estaban cegadas y no hacían más que lamentarse de sus desgracias. Aquel rumor de lamentos se extendía por doquier, de la misma manera que lo haría el humo. Sobre las almas, moviéndose con agilidad, seres dorados iban de un lado a otro repartiendo consuelo e indicando a las almas a dónde tenían que dirigirse. Eran los arcángeles, los encargados de ayudar a las almas a cruzar el río. Solo ellos podían ayudar a Camille. Así que, sin perder más tiempo, Camille levantó los brazos y llamó a uno de ellos, aunque finalmente acudieron a su llamada más de una docena. Camille les dijo a quién quería ver y pronto los arcángeles salieron en su búsqueda. Uno de esos arcángeles regresó y se detuvo ante Camille.

—*A quien buscas cruzó el río hace mucho* —dijo el arcángel.

Camille asintió decepcionada —se trataba del padre de Abigail—, aunque al mismo tiempo estaba maravillada por la belleza del ser que tenía frente a ella. Los arcángeles estaban bendecidos con la gracia y estar cerca de ellos era siempre un privilegio.

Camille se lamentó y pensó qué otras opciones tenía. Pero entonces sintió la tierra temblar bajo sus pies, pero, lejos de sorprenderse, supo lo que estaba ocurriendo. Se giró y miró hacia un punto en concreto, una zona alejada del río Aqueronte y en donde la infinita extensión finalizaba en un gran foso que se sumergía en la oscuridad. Enseguida, una espectral luz verde surgió en forma de columna hasta perderse en las tinieblas. Alguien había abierto las puertas del Reino Oscuro. Sin embargo, pensó Camille, Cerbero estaba en el Mundo de los Vivos. ¿Qué ser salía de allí?

Tenía sus sospechas, aunque no tuvo que esperar mucho para confirmarlas. Un anciano con una larga barba, bastón en una mano y un grueso libro en la otra, surgió de aquella luz y se acercó a Camille, quedando frente a ella en tan solo unos segundos.

—*¿Acaso te has rendido ya?* —dijo el anciano, quien respondía por el nombre de Radamantis. En su voz se apreciaba un tono jocoso que provocó rechazo en Camille.

—*Jamás* —le respondió ella. Ese Radamantis no era otro que el legislador del inframundo, aquel ante el cual todas las almas han de confesar sus malos actos. Después todo lo confesado lo anotaba en el libro, donde permanece para el resto de los días, por lo que es conocedor de todos los secretos y maldades de cuanto sucede en el Mundo de los Vivos.

—*Buscas a ese juez, ¿verdad?* —dijo Radamantis con una sonrisa.

Camille lo miró fijamente.

—*¿Qué sabes de él?*

El anciano comenzó a reírse.

—*Deberías mostrarte más considerada. Paul Norton, ese es el nombre de tu juez, ¿me equivoco? No, no me equivoco. También te gustaría hablar con su esposa, ¿no es así? Sin embargo, ella ha cruzado el río, por lo que está fuera de tu alcance.*

Camille no soportaba la arrogancia de Radamantis, aunque también sabía que él estaba al tanto de todo lo que ocurría en el Umbral de los Muertos.

—*¿Y el juez dónde está?* —preguntó Camille aún más alterada. El tiempo no existía en el Umbral y cada vez estaba más preocupada por Abigail. No podía saber cuánto tiempo había transcurrido mientras tanto en el Mundo de los Vivos.

Radamantis rio de nuevo.

—*No sé si sabrás que ese hombre nunca fue un hombre justo. Era avaricioso y estaba corrompido. No era un hombre bueno, Camille.*

—*¿Dónde está?*

—*Su alma nunca cruzó el río. Está en el Reino Oscuro.*

Camille se estremeció. Oír hablar del Reino Oscuro era escuchar acerca de lo más bajo y oscuro del hombre como especie. Allí quedaban atrapadas las almas corrompidas, algunas malditas por sus actos y otras por el propio Cerbero, que las usaba hasta corromperlas. Incluso el alma de Abigail podía terminar allí si Cerbero se hacía con ella. El Reino Oscuro era el dominio de Cerbero y, al igual que lo referente al otro lado del río, nada se sabía de lo que allí sucedía.

Mientras Camille reflexionaba, Radamantis abrió su libro y repasó una de las páginas con el mango de su bastón. El papel de las hojas crujía en exceso.

—*Aquí aparece también el nombre de Abigail Thompson. Sabes a quién me refiero, ¿verdad?*

Camille hizo un gesto de ira. Las cosas no iban bien. De momento, escuchar a Radamantis solo le distraería y le haría perder tiempo, por lo que se giró y continuó su camino.

—*¡Abigail Thompson tiene una plaza reservada en el Reino Oscuro!* —gritó Radamantis, rematando lo que dijo con una sonora carcajada. Camille hizo oídos sordos y fingió no escucharlo. Sabía que Radamantis y Cerbero eran colaboradores, y que el primero haría todo lo posible por causarle molestias.

Camille se alejó apresurada y buscó de nuevo ayuda en los arcángeles, que respondieron de inmediato a su llamada. Tan solo le quedaba la opción de que Howard Right, el joven que falleció en el accidente de moto justo en el mismo lugar donde apareció el cuerpo de Abigail, estuviera vagando por el Umbral. Por fortuna, en esta ocasión los arcángeles comunicaron que así era. Utilizando la luz que poseían, le indicaron a Camille dónde se encontraba el alma de Howard Right.

Ella se dirigió hasta allí lo más rápido posible, esquivando almas o atravesándolas. Cada vez estaba más preocupada por Abigail. Al fin se situó frente al alma del joven, que mantenía a duras penas la representación de su cuerpo. Camille sintió lástima al ver que se trataba de poco más que un niño. Por su expresión, parecía estar buscando algo o a alguien con desesperación.

—*¿Necesitas ayuda?* —le preguntó Camille. El joven, o su alma más bien, observó a Camille brevemente y después continuó su camino. Parecía preocupado.

—*Estoy buscando a mi hermano pequeño. ¿Sabes dónde está? Tengo que encontrarlo. Mi padre me va a matar.*

Camille se compadeció de Howard. Las almas que no aceptaban su muerte permanecían fijas en los instantes previos a esta, y ahí se recreaban durante toda la eternidad si nadie les ayudaba. En el caso de Howard, teniendo como referencia el tiempo del Mundo de los Vivos, llevaba como veinte años buscando a su hermano por el Umbral, vagando entre una infinidad de almas sin que nada de eso le llamase la atención. Howard Right creía que continuaba en la carretera 47 del norte del estado de Nueva York.

—*¿Por qué estás buscando a tu hermano?* —le preguntó Camille.

—*Mi hermano iba en la moto conmigo, pero no lo encuentro. No sé dónde está. Necesito encontrarlo* —dijo mientras seguía avanzando de un lado a otro. Ni siquiera era consciente de la falta de sentido de sus palabras. No le preocupaba el hecho de que su hermano hubiera desaparecido sin razón aparente de su moto. Lo único que quería era encontrarlo.

—*¿Dónde está mi hermano?* —gritó Howard en un arrebato de rabia y desesperación, sentimientos que no le abandonaban en ningún momento.

—*Yo puedo ayudarte* —dijo Camille—. *¿Cómo se llama tu hermano?*

—*Ethan Right* —contestó.

—*¿Y por qué se fue?* —insistió Camille.

—*No lo sé. Solo quiero encontrarlo. ¡Quiero saber dónde está mi hermano! ¡Ethan! ¡Ethan!*

CAPÍTULO 13

ABIGAIL MIRÓ con temor la hora que reflejaba la pantalla del ordenador. Camille le había pedido que en su ausencia buscara más información de la carretera 47, cualquier detalle que le permitiera descifrar algo más acerca de los tenues recuerdos del accidente de su padre, pero tras su marcha los nervios se hicieron presa de ella y no le dejaron actuar. Tan solo observaba, en una tensión constante, como avanzaban los minutos y que la claridad del exterior decaía poco a poco. «Se acerca la noche», pensó.

A la par que el atardecer prolongaba la agonía del día, los latidos de su corazón se aceleraban, lo que resultaba desconcertante. Estaba muerta, había sido brutalmente asesinada y, sin embargo, podía sentir sus latidos como si un tambor resonara en el interior de su pecho. ¿Qué sentido tenía todo aquello? «Estoy muerta», se repetía, pero sus palabras y la propia idea que ella tenía de la muerte no casaban con lo que ella estaba viviendo. Durante toda su vida había creído que la muerte era el fin, la tranquilidad, el vacío, el descanso o cualquier otra cosa que significara un punto final. Sin embargo, allí estaba ella, luchando contra el tiempo, contra seres extraños que la perseguían para convertirla en un alma errante, y todo ello con la ayuda de una mujer que actuaba a medio camino entre detective, psicóloga y pitonisa. La excitación del momento le exigía un razonamiento lógico que no podía encontrar por ninguna parte.

Las agujas del reloj seguían corriendo mientras ella permanecía perdida en sus pensamientos. El gato continuaba en su regazo, pero la oscuridad que se había extendido más allá de las ventanas de la cafetería le acongojaba.

De repente, reaccionó y encaró la pantalla del ordenador dispuesta a seguir las instrucciones de Camille, pero de nuevo sus pensamientos la llevaron a morar en el limbo. La noche, que tras las palabras de Camille se convirtió en un momento terrorífico y peligroso, se había hecho realidad. La claridad que entraba por las ventanas de la cafetería WildNet de Queens ya no era la producida por los postreros rayos de sol de la tarde, sino por el alumbrado público de la ciudad de Nueva York. Pero las desgracias no venían solas: la cafetería cerraba dentro de cinco minutos. Transcurrido ese tiempo, tendría que salir al exterior y enfrentarse a aquello que la noche quisiera depararle.

Apretó sus brazos en torno al gato y después bajó la mano hasta el bolsillo, donde se encontraba el frasco que Camille le había entregado.

—Hydor —musitó mientras palpaba el frasco. Era de un material extraño. A simple vista parecía cristal, pero al tacto resultaba distinto. Nunca había tocado nada igual. La tenue claridad que emitía apenas atravesaba la tela de su bolsillo.

Suspiró. Tenía que convencerse de que todo iba a salir bien: Camille regresaría a tiempo y con la información suficiente para poner punto final a aquella pesadilla. Lo que le ocurriera después, todo aquello del río Aqueronte y el Umbral, le importaba poco. Se suponía que ese debía ser su destino, para eso la ayudaba Camille.

Miró la hora de nuevo en la pantalla del ordenador. Faltaban tres minutos para que tuviera que marcharse. Los minutos volaban.

—¿Dónde estás, Camille? —susurró. Nerviosa, miró al exterior, albergando esperanzas de verla entrar en cualquier momento, solo era cuestión de tiempo. No quería ni pensar en lo que le podía pasar si se veía obligada a caminar sola por la calle. Cerbero y los esbirros habían adquirido para ella la imagen del terror personificado.

Un nuevo vistazo al reloj: un minuto. El empleado, que iba de un lado a otro apagando los terminales y recogiendo los juguetes de gato que había repartidos por todo el establecimiento, le dedicó un mal gesto. La cafetería cerraba a las ocho, pero a él le quedaba un buen rato todavía para limpiarlo todo, por lo que cuanto antes se fuera ese hombre —el ente de Abigail—, antes terminaría.

—¿Le queda mucho? —preguntó el empleado una vez llegó al mostrador con forzada molestia, como si no le importara estar tres o cuatro horas más.

—Estoy terminando —respondió Abigail, fingiendo leer con atención algo en la pantalla del ordenador.

—Tiene un par de minutos, después tendrá que marcharse. Abrimos todos los días a las nueve de la mañana. Puede regresar mañana.

El empleado se encargó de recalcar ese «mañana».

—Muchas gracias. Ya termino.

Estaba en problemas. No había rastro de Camille por ninguna parte y el tiempo se le había agotado. Tenía que salir al exterior.

Apagó el ordenador y se dirigió lentamente hacia la puerta, aunque se detuvo al llegar a la altura del mostrador, donde el empleado la miraba con una sonrisa nerviosa. Desesperada, intentaba arañar cada segundo que le fuera posible.

—Perdone, ¿sabe si hay alguna otra cafetería de este estilo abierta? Una donde acepten mascotas.

El hombre torció el gesto.

—Alguna habrá, pero no estoy seguro de que acepten bichitos —dijo señalando al gato con cierta ironía. Los detestaba.

Abigail asintió.

—Comprendo. Muchas gracias.

Tras decir esto, se dirigió a la puerta y la cruzó. Las manos le temblaban y su corazón era cualquier otra cosa menos el de una muerta.

En el exterior transcurría la vida normal de cualquier ciudad a esas horas. Las farolas estaban encendidas, la gente iba de un lado a otro y los únicos establecimientos que quedaban abiertos eran los bares y los restaurantes. Mucha gente acababa de salir de trabajar y se mezclaba con la gente que iba a cenar o a hacer deporte. El tránsito en las puertas de los bares y los restaurantes era continuo. Nueva York era una ciudad viva.

Este ajetreo tranquilizó a Abigail y la hizo sentirse más a salvo. Al sentirse parte de la realidad común, de una vida en la que no hay fantasmas ni perros que la persigan o esbirros, creía que esa inmunidad se extendía sobre ella, lo que fue un error que estaba a punto de pagar. En los puntos más oscuros, allí donde la luz de las bombillas flaqueaba, en lúgubres callejones o en esquinas apartadas, las sombras cobraban vida y ponían sus ojos sobre ella.

Pero Abigail ignoraba el peligro que la acechaba. El pánico que había experimentado en la cafetería provocó que su cuerpo le exigiera tranquilidad, y ella no había tenido inconveniente en creer que Camille exageró y que se encontraba a salvo entre la multitud. La propia Camille lo había mencionado en un par de ocasiones: no está permitido alterar el Mundo de los Vivos. Si esa norma se extendía a todos los seres que iban tras ella, estar rodeada de gente debía ser una garantía.

Caminó tranquilamente durante unos minutos, hasta que sintió que su calma no era más que un espejismo. Había figuras y movimientos extraños entre la multitud.

Miró a un lado y a otro. La imagen de un vagabundo que

salía de un callejón le puso los pelos de punta y provocó que comenzara a caminar en la dirección contraria. Lo primero que pensó era que se trataba de un esbirro, pero el hombre en cuestión no le prestó la menor atención a Abigail y continuó su camino. Pero lejos de tranquilizarla, esto la puso más nerviosa todavía. Camille le contó que había visto varios esbirros a lo largo del día, pero que no le había dicho nada. Eso significaba que ella era incapaz de diferenciar un esbirro de una persona normal, lo que la situaba en una posición muy vulnerable.

Casi histérica, no era consciente de adónde la llevaban sus pasos. Simplemente caminaba por la acera siguiendo el río de gente, asegurándose de nunca quedarse a solas. Pero pronto la multitud comenzó a incomodarle. De pronto sintió que la vigilaban y el peso de decenas de miradas que recaían sobre ella. Pero lo peor de todo era la incertidumbre, el no saber si aquellas sensaciones eran fruto del miedo y la imaginación, o realmente había alguien atento a sus pasos.

En dicho estado comenzó a caminar más deprisa, estrechando con fuerza al gato y sin querer mirar a sus espaldas, como si así pudiera evitar lo que sea que iba tras ella. Trató de recordar algo acerca del hombre que la persiguió hasta la estación del metro, pero no podía recordar más que una figura oscura. Sabía que se trataba de un hombre porque lo percibía de alguna manera, pero no porque ella le viera el rostro o la forma en la que iba vestido. Los recuerdos de aquellos momentos eran confusos y no sabía hasta qué punto eran reales. Se encontraba en una tesitura en la que cualquier cosa podía ser cierta, lo que lo complicaba todo aún más. La mejor manera que tenía de describirlo era como una masa oscura, sin rasgos. Entonces recordó de nuevo lo que dijo Camille acerca de los esbirros: se trataba de almas de las que Cerbero extraía su poder, debilitándolas, deformándolas…

De repente, sonaron varios ladridos a la espalda de Abigail.

—Hay muchos perros en Nueva York —susurró para sí misma, para convencerse de que todo iba bien. Sin embargo, el gato, como si respondiera a los ladridos, comenzó a bufar y a respirar de manera agitada.

—¿A qué gato le gustan los ladridos?

No era que Abigail despreciara por completo el peligro de lo que podían significar esos ladridos, sino que era la única manera que encontró para no perder los nervios. Su buena actitud de minutos atrás naufragaba en la angustia más absoluta.

Aceleró nuevamente el ritmo y comenzó casi a trotar. El gato, cada vez más incómodo en sus brazos, se movía de un lado a otro como si quisiera alejarse de ella.

—Vamos, gatito —dijo ella, tratando de calmarlo.

Giró a la derecha, adentrándose en una calle todavía más concurrida, y pasados unos segundos, sin detenerse, miró hacia atrás. En los primeros instantes no vio nada que le llamara la atención, pero lo que ella creía que se trataba de la sombra ocasionada por la claridad de algún neón resultó ser una figura que avanzaba en su dirección. Era oscura y, en rasgos generales, parecía una persona que caminaba. Junto a esta figura, casi a la misma altura, otras dos avanzaban a la misma velocidad. No tenía dudas: eran esbirros.

Intentó mantener la calma. No había problemas con los esbirros mientras el gato estuviera con ella. Era Cerbero de quien debía preocuparse realmente, y de él no había ningún rastro por el momento. En ese momento no relacionó los ladridos que había escuchado apenas minutos antes.

—¿Dónde estás, Camille? —dijo a la vez que la buscaba con la mirada.

Miró de nuevo hacia atrás y comprobó que las figuras oscuras estaban cada vez más cerca. No había dudas, iban tras ella. Comprendió que era el momento de correr, y así lo hizo. Sujetó al gato con todas sus fuerzas y comenzó a correr. No sabía dónde se dirigía ni tampoco le importaba, lo más importante era despistar a los esbirros y ganar tiempo para que Camille regresara.

Cruzó la calle y se adentró en un parque, en el cual una banda de música interpretaba las bandas sonoras más famosas de la historia del cine ante cincuenta o sesenta personas.

—Esto tiene que ser una broma —dijo cuando la melodía llegó hasta sus oídos. En el preciso momento en el que ella pasó corriendo frente al concierto, estaban interpretando *Unchained Melody*. La imagen de Patrick Swayze atravesando la pared le provocó un escalofrío.

Dejó atrás el parque y atravesó una calle peatonal que estaba repleta de restaurantes y gente. Incluso había varios músicos callejeros amenizando la noche. Miró hacia atrás y comprobó con satisfacción que le había ganado terreno a los esbirros. Quizás, después de todo, podía resistir hasta la llegada de Camille. Sin embargo, las cosas no iban tan bien como ella creía. Salió de la calle de los restaurantes y sin darse cuenta llegó a una avenida que estaba menos transitada. Pensó en retroceder, pero entonces vio como seis esbirros le cortaban el paso de tal manera que solo podía avanzar. Echó a correr de nuevo hacia esa dirección, hacia la única oportunidad de alejarse de ellos. Los esbirros la seguían de cerca, aunque también había otros que cerraban los accesos a una y otra calle. Sin embargo, cuando advirtió lo que estaba ocurriendo, era demasiado tarde. Los esbirros habían jugado con Abigail. Sabían que llevaba en sus brazos a un protector de almas, por lo que no podían enfrentarse directamente a ella. En cambio, lo que sí podían hacer era conducirla hacia un punto en concreto, algo que solo podían hacer mientras ella continuara huyendo sin más. El miedo fue su perdición.

Abigail, concentrada en huir de los esbirros, tardó varios minutos en percatarse de lo que tramaban. Cuando se dio cuenta, estaba en una calle solitaria. Corrió hacia el único punto libre que le dejaban los esbirros, un callejón oscuro que daba a otra calle, en la que se apreciaba el discurrir lejano de más personas. Sin embargo, no era más que una trampa.

Se internó a toda velocidad en el callejón, pero la oscuridad no le permitió ver al hombre que estaba de pie en ese mismo lugar, quien esperaba pacientemente a que llegara su presa. Oculto en la oscuridad, resultaba imposible de ver. Abigail lo experimentó de primera mano, cuando, sin esperarlo, chocó con algo que la arrojó al suelo. Estaba conmocionada, más por la impresión que por el golpe en sí.

—¿Camille? —dijo aun a sabiendas de que no se trataba de ella. La respuesta a sus palabras fue una carcajada que rellenó la oscuridad lúgubre del callejón. Definitivamente no se trataba de Camille.

—Por fin nos encontramos a solas —dijo el hombre, que no era otro que Cerbero.

El gato, que había saltado de los brazos de Abigail segundos antes de que esta impactara con Cerbero, bufaba a un lado y a otro. Cerbero lo miró con odio.

—*No puedes hacer nada* —dijo Cerbero en la lengua de los muertos. El gato bufó de nuevo, pero calló cuando los dos perros aparecieron por un lado del callejón y los esbirros por otro. Estaban rodeados.

—¡*Vete!* —gritó Cerbero con una horrible y profunda voz. El gato, amedrentado, saltó con agilidad y escapó de milagro de las fauces de los perros. La última esperanza de Abigail había desaparecido.

—Ahora, tú vas a venir conmigo, a no ser que tengas algún inconveniente.

Abigail observó a aquel hombre que le tendía la mano. Sus ojos crepitaban como si estuvieran ardiendo y su sonrisa estiraba sus labios hasta lo imposible. Desesperada, miró a su alrededor, esperando ver a Camille en cualquier momento.

—Sé a quién buscas. A Camille, ¿verdad? —dijo Cerbero.

Abigail asintió y él se rio de nuevo.

—No ha encontrado aquello que iba buscando.

Dicho esto, una oscuridad total invadió a Abigail. Estaba en manos de Cerbero.

CAPÍTULO 14

EL ESTADO del alma de Howard Right había desconcertado a Camille. Regresó al Umbral con la intención de conseguir muchas respuestas, pero por el momento solo había podido saber el nombre del hermano de Howard, Ethan Right. Esperaba encontrar otras cosas, pero al menos Ethan seguía con vida, lo que lo hacía más accesible y, sobre todo, mantenía la opción de poder averiguar la verdad directamente de alguien que estuvo implicado en el accidente.

Estaba dispuesta a regresar al Mundo de los Vivos, cuando, de repente, escuchó una nueva carcajada de Radamantis. El viejo se reía como si todo su cuerpo fuera a desmontarse en cualquier momento. Las largas telas que vestía bailaban al son de sus vaivenes.

—¡Camille! —gritaba Radamantis. Camille, que sabía que podía tratarse todo de una distracción para hacerle perder más tiempo, hizo oídos sordos y continuó su camino. Su predilección por Cerbero delataba sus intenciones.

—*Oh, Camille, ¿es que no puedes escucharme? ¿Qué he hecho yo para merecer tanta ingratitud por tu parte?* —insistió Radamantis—.

Vuelves al Mundo de los Vivos, ¿no es así? Esa alma te ha perturbado el juicio. Más te vale que te ahorres el viaje.

Fue en ese momento cuando Camille se detuvo. Era consciente de que tenía que mantener la cabeza fría si no quería verse envuelta en un conflicto del que no iba a sacar nada en claro, pero por otra parte comenzaba a desconfiar de la insistencia del anciano.

—*¿Qué es lo que está pasando?*—gritó Camille.

Radamantis soltó una fuerte carcajada y se acercó hasta ella.

—*Se le ha acabado el tiempo a esa alma escurridiza a la que tratas de ayudar. Cerbero la tiene ya consigo. Pronto estará a su servicio.*

Las palabras del anciano causaron una fuerte impresión en Camille, que lo miró fijamente tratando de interpretar alguna señal de mentira en sus gestos.

—*Puedes ahorrarte el viaje, Camille. Pronto el alma de la joven se convertirá en un esbirro más de los millones que vagan por el Mundo de los Vivos* —gritó Radamantis—. *El ejército de muertos de Cerbero se eleva triunfal en las sombras.*

—*¡Mientes!*

—*¿Y qué ganaría yo con la mentira? ¿Acaso salgo beneficiado? Un alma me resulta insignificante.*

Camille se quedó reflexionando un par de segundos, aunque no estaba dispuesta a perder más tiempo discutiendo. Se alejó del anciano y se concentró para regresar cuanto antes al Mundo de los Vivos. Tan solo tenía que cerrar los ojos y buscar luz en la oscuridad, visualizar el destello del frasco de hydor para saber en qué punto exacto se encontraba Abigail e ir hacia allí.

Todo comenzó a moverse a su alrededor. La imagen del anciano y de las almas quedaba atrás, como si se alejaran a toda velocidad mientras ella se sumergía en la oscuridad más absoluta. Regresaba al Mundo de los Vivos. Esperaba ver la luz de Abigail en cualquier momento. Si Cerbero la había atrapado era posible que le hubiera arrebatado la luz, pero ella confiaba en que no hubiera sido así. Entonces, alterando la eterna negrura que se extendía por doquier, vislumbró una luz blanca y nítida. Allí se encontraba Abigail.

Cuando abrió los ojos, ya en el Mundo de los Vivos, tardó unos segundos en saber dónde se encontraba, ya que los rascacielos de Nueva York se veían iluminados en el horizonte, a unos cuantos kilómetros de distancia.

—¿Dónde estoy? —dijo para sí misma mientras se acercaba a una señal de tráfico con la esperanza de que hubiera alguna dirección o nombre que le fuera útil—. ¿Ossining?

Con el ceño fruncido, sacó el mapa que había comprado un rato antes en la ciudad y lo desplegó. Tal y como creía, se encontraba a las afueras, lo que no le hizo mucha gracia.

—¿Por qué iba a venir Abigail hasta aquí? —se preguntó. Recordó las palabras de Radamantis, pero sabía también que este rara vez decía la verdad acerca de algo. El anciano siempre había sido un incordio. Conocedor de los secretos de las almas, se mostraba arrogante y despreciaba cuanto le rodeaba. Sin embargo, Cerbero era de los pocos que se habían ganado su amistad, lo que a ojos de Abigail lo volvía más despreciable todavía.

Se alejó de la carretera y analizó dónde se encontraba exactamente. Se trataba de una especie de parque o jardines comunitarios que había a la entrada de una zona residencial. Todo estaba muy tranquilo. Por la carretera apenas pasaban coches. El sonido de los aspersores sonaba en todas partes y a través de las ventanas de las casas podía verse a la gente disfrutar de la cena. Había anochecido, pero no había transcurrido tanto tiempo como Camille creyó en un primer momento. El frasco de hydor estaba cerca de allí, pero no podía comprender dónde.

—Está dentro de una casa —dijo Camille. Aquello le resultó todavía más desconcertante. Creía haberle dejado claro a Abigail que no se podía alterar el discurrir de los vivos.

Frunció el ceño. Cabía la posibilidad de que hubiera

enloquecido. No sería la primera alma a la que el sufrimiento lleva a considerar su muerte por imposible.

—Tal vez Abigail haya entrado a una de esas casas utilizando su ente —dijo Camille, pero no estaba muy convencida de ello.

No obstante, se fijó en que había una casa más apartada que el resto y de cuyas ventanas solo salía oscuridad. Las plantas trepadoras habían ascendido por las paredes, agrietándolas, e incluso rompiendo el techo, otorgándole al conjunto la imagen de una selva en miniatura. Pero no era eso lo que más le llamaba la atención.

Percibía el resplandor del frasco de hydor en ese lugar tan sombrío. No era buena señal.

—¿Abigail?

Su primer impulso fue el de acercarse a toda velocidad, sin embargo, apenas dio unos pasos se detuvo. Había esbirros rondando por el lugar, figuras oscuras que se paseaban al amparo de la oscuridad, vigilantes, guardando aquella casa en ruinas. Sin duda, Cerbero se encontraba allí, y lo peor de todo era que Abigail también.

CAPÍTULO 15

ABIGAIL ABRIÓ LOS OJOS. Estaba exhausta. Experimentaba un cansancio que jamás había sentido, algo que iba mucho más allá de lo físico. Era una sensación de malestar que se extendía por todo su ser y la torturaba a cada segundo que pasaba. Acurrucada en una esquina, se concentraba en resistir. Este era su principal objetivo. El hombre que estaba de pie frente a ella, Cerbero, apenas le daba descanso y la torturaba con los recuerdos de su propia vida.

Sin embargo, Abigail sabía cuáles eran las intenciones de Cerbero; Camille se lo había advertido. ¿Acaso Camille la había abandonado? Le había prometido que regresaría antes de que oscureciera, antes de que Cerbero pudiera hacerse con ella, pero le había fallado.

—Eres adorable —dijo Cerbero—. Todavía piensas que Camille volverá a salvarte. Ya no te puede salvar, Abigail.

La joven observó el rostro sonriente de aquel hombre totalmente desconcertada.

—Sí, Abigail. Puedo escuchar cada uno de tus pensamientos, así que es inútil que me ocultes nada.

Abigail comenzó a temblar. El frasco de hydor continuaba en

su bolsillo, era lo único que le hacía guardar esperanzas en que Camille la salvaría. Pero ya ni siquiera podía pensar en ello. Tenía que resistir y mantener sus pensamientos alejados de ello.

—Esperabas que la muerte fuera otra cosa, ¿verdad? El descanso eterno, el final del sufrimiento. Te aseguro que me dan pena los que se suicidan buscando aliviar su tormento, porque te garantizo que encuentran otro mucho peor —dijo Cerbero—. La vida solo es el principio. Los humanos tenéis en vuestras manos ser inmortales, si bien la inmortalidad no resulta del todo agradable.

—Yo no me he suicidado —murmuró Abigail.

—¡Claro! Eso ya lo sé. A ti te asesinaron a sangre fría, ¿verdad? Te apuñalaron tantas veces que no quedó ni una sola gota de sangre en tus venas. La hoja del cuchillo se melló al chocar contra tus huesos. Sufriste, Abigail. Quien lo hizo disfrutó cada vez que el puñal atravesaba tu carne y se recreó para que experimentaras cada segundo de dolor.

Esas palabras devastaron a Abigail, ocasionándole un dolor infinito. Le temblaba todo el cuerpo y sus pensamientos se oscurecieron. Cerbero la estaba torturando poco a poco, sumiendo su alma en la oscuridad. No le faltaba mucho para convertirse en un esbirro. Cerró los ojos y se tapó el rostro con las manos.

—¿No quieres verme, Abigail? —dijo Cerbero entre risas—. Deberías irte acostumbrando. Tu padre me ve continuamente, al igual que tu madre. ¿Quieres escuchar sus gritos?

Sus manos cayeron hasta el suelo. Abigail miraba a Cerbero con los ojos vidriosos por el llanto. Ella agitó la cabeza de un lado a otro.

—¿No? ¿Después de tanto tiempo no quieres escuchar a tus padres? ¡Eres una desgraciada!

—Déjame en paz —gritó Abigail.

—¿Qué te deje en paz? Veamos qué opinan tus padres de todo esto —dijo Cerbero y se arrodilló para ponerse a la altura de Abigail, abriendo la boca de una manera que resultaba físicamente imposible. De su interior salieron gritos desesperados, agónicos y terroríficos.

Abigail rompió a llorar, aterrada, mientras se tapaba las orejas con las manos, aunque los gritos sonaban dentro de su cabeza.

Cerbero cerró la boca y sonrió.

—¿Los has escuchado? ¡Contéstame!

—No son mis padres —dijo ella con la mandíbula apretada por la tensión.

—¿Miento, Abigail? ¿Crees que tu padre está descansando? No, ni siquiera malgastes tus últimos segundos de conciencia en este mundo con esos pensamientos tan absurdos. No hay palabras en el Mundo de los Vivos para describir el sufrimiento que padecen.

Cerbero la observó triunfal. Sabía el inmenso dolor que le estaba causando, sentía como el alma de la joven se desvanecía poco a poco, no le quedaba ya mucho tiempo. Sin embargo, aunque no lo mostraba, estaba ligeramente desconcertado. La resistencia del alma de Abigail era más férrea de lo que había pensado en un primer momento, aunque eso podía serle útil si conseguía convertirla en un esbirro. Así podría absorber su poder cuando le fuera necesario. Solo tenía que seguir apretando un poco más. La había subestimado, pues Camille la instruyó bien. Si quería hacerse con ella tenía que hacerla claudicar, atormentarla hasta anegarla de oscuridad; convertir la energía de su alma en un cenagal de miedo y resentimiento. Solo así, una vez llegado ese punto, podría atrapar su alma para siempre, ya fuera como un esbirro o como un alma cautiva del Reino Oscuro.

—Un matrimonio entrañable —murmuró Cerbero dejando que sus palabras llegasen hasta Abigail, que levantó el rostro—. Sin embargo, tu padre no parecía tener suficiente con el cuerpo de tu madre. Hubo más mujeres, Abigail. Mientras tú y tu madre esperabais que regresara del trabajo, él se follaba a su secretaria.

Abigail se estremeció y gritó desesperada. Cada vez se sentía más débil y sobrepasada por las palabras de Cerbero. Se asemejaban a dardos que impactaban en lo más profundo de su ser, causándole un gran daño.

—Aunque tu madre tampoco es ningún ángel. ¿Recuerdas a los Dumster? Los vecinos de tu calle. Tu madre se lo pasó muy bien con el señor Dumster.

La joven no podía más. No sentía más que dolor.

—Pero quizás me muestre benévolo. De verdad, Abigail. Camille te ha dado una impresión muy mala de mí. No es justo. Mírame. ¡Abigail!

La joven clavó los ojos en el hombre elegante que había frente a ella. Su sonrisa destacaba en la oscuridad y su rostro resplandecía con una claridad extraña y débil. Cerbero estaba disfrutando.

—Ya has visto todo lo que sé, Abigail —dijo con una voz que pareció emanar de una cueva infinita—. Reptan en la oscuridad como alimañas, entre despojos malolientes y garras que destrozan su piel una y otra vez. Pagan por todo lo que han hecho.

Abigail se tapó los oídos creyendo que así dejaría de escuchar sus palabras, pero la voz de Cerbero resurgió con fuerza en su propio interior. No había forma de resistirse.

—Sufren mucho, Abigail. Es una sensación continua de dolor que nunca cesa —insistió Cerbero, que comenzó a caminar hacia un lado y otro de la habitación. El alma de la joven se tambaleaba. Unos minutos más y se convertiría en uno de sus esbirros. La mentira acerca de sus padres era efectiva, tan solo tenía que insistir un poco más—. ¿Te ha hablado Camille del río? Tú puedes hacer que crucen el río, Abigail. Solo has de venir conmigo y permitiré a tus padres que se vayan… para siempre.

La joven estaba a punto de desmayarse. El influjo que Cerbero ejercía sobre ella era como una inmensa piedra que le oprimía el pecho y no la dejaba respirar, a lo que se sumaba el agotamiento. Pensar con claridad se le antojaba complicado y los recuerdos se evaporaban. Tan solo tuvo fuerzas para llamar a Camille con un grito mudo y desesperado que Cerbero también oyó.

—Eres una desgraciada. Camille no va a venir. Te ha abandonado. Y aun en el caso de que regresara, no estamos solos. No podrá sacarte de aquí.

CAPÍTULO 16

Camille sabía que el tiempo iba en su contra, pero no podía precipitarse. Si actuaba a lo loco y se dirigía a la casa sin más, podía perder a Abigail. Al amparo de la noche y ocultándose tras unos setos, se acercó un poco más a la casa en ruinas. Tal y como se figuraba, había esbirros que guardaban los alrededores. Aparte, sabía que también debía tener en cuenta a los perros, los que realmente le preocupaban.

—Maldita sea —susurró.

Desde donde se encontraba veía como a unas ocho siluetas que estaban en continuo movimiento alrededor de la casa, por lo que una entrada discreta era casi imposible. Sin embargo, no le quedaba otra opción. Si los esbirros alertaban a Cerbero de su presencia, este podía huir con Abigail o ayudar directamente a los esbirros para atraparla y disponer ya de todo el tiempo del mundo. Tenía que calcular muy bien sus pasos y medirlo todo. Iba a tener solo una oportunidad. Debía encontrarla cuanto antes.

Aprovechando que el seto se extendía unos pocos metros, siguiendo el de los jardines colindantes de varias casas, Camille se acercó un poco más. El cielo estaba salpicado de nubes que absorbían la claridad de las estrellas, por lo que la noche en sí era más oscura que de costumbre, lo que iba en su favor. Así, se arrastró poco a poco procurando no hacer ruido y vigilando muy atentamente a los esbirros más cercanos.

—Puede que tenga una oportunidad —se dijo para sí misma. Se encontraba frente a uno de los laterales de la casa, donde había varias ventanas rotas por las que podría entrar fácilmente. Además, los esbirros que rondaban esa zona no parecían estar organizados entre sí y patrullaban de manera arbitraria y torpe, ya que había momentos en los que todos le daban la espalda a esas ventanas. No era mucho tiempo, pero Camille consideró que era el suficiente para que ella atravesara la ventana y entrara en la casa. Lo que encontraría una vez dentro era una cuestión bien diferente.

Decidida a ejecutar su plan, miró a su alrededor, y tras asegurarse de que tenía a todos los esbirros controlados, continuó avanzando. Sin embargo, en ese momento algo la detuvo en seco. Frente a ella, avanzando lentamente, se encontraba uno de los perros de Cerbero. Eso cambiaba las cosas. Cerbero podía ver, oír y oler a través de esos perros. Enfrentarse a los canes era enfrentarse a él.

La inmensa bestia negra iba cabizbajo, en tensión, con una terrible mueca en la que dejaba ver sus grandes dientes, desde donde caían hilillos de saliva. El temor de Camille no apuntaba tanto a que la atacaran, sino a las consecuencias de ese ataque. Ella podía defenderse, tenía poder para ello, pero no serviría para salvar a Abigail. Tenía que esperar. Observó al perro con atención, oculta por completo bajo las hojas del seto. Entonces vio como, tras encararse con uno de los esbirros —uno que ni siquiera tenía forma humana—, el perro se dirigió al interior de la casa.

Aguardó un par de minutos más hasta que escuchó la llamada desesperada de Abigail: resistía. En ese momento supo que tenía que sacarla de ahí cuanto antes.

—Esbirros fuera y Cerbero dentro —dijo Camille—. Es hora de pelear.

Dicho esto, calculó bien la distancia hasta la ventana y esperó a que los esbirros le dieran la espalda nuevamente a la ventana. Justo en ese momento, se incorporó y corrió hacía allí con todas sus fuerzas.

No era mucha distancia, cincuenta o sesenta metros, pero sabía que el ruido de sus pasos alertarían a los esbirros y, si no, el propio Cerbero sabría de su presencia en cuanto saltara por la ventana. Sabía que era temerario, pero no le quedaba otra opción. Tampoco sabía qué podía encontrarse al otro lado de la ventana, pero confió una vez más en que todo saliera bien. No cabía otra posibilidad. Abigail tenía lo único que podía sacarlas de aquella situación: el frasco de hydor.

Cuando apenas le faltaban un par de metros para llegar a la ventana, los esbirros advirtieron su presencia. Ella escuchó los terribles gritos, pero sabía que ya no la alcanzarían. Así, y cogiendo todo el impulso posible, Camille saltó dispuesta a atravesar la ventana y a enfrentarse con lo que hubiera ahí dentro.

Lo primero que vio es cómo la oscuridad exterior de la noche se transformaba en una negrura espesa en el interior. La opción de entrar con sigilo quedó completamente descartada. No solo la habían visto los esbirros, sino que aterrizó sobre un mueble de madera antiguo que se hizo pedazos y causó un gran estruendo. No obstante, Camille se encontraba bien y pudo rearmarse al instante.

—*¿Qué ha sido eso?*

Reconoció esa voz de inmediato. Era Cerbero. Provenía de la habitación contigua. Sin embargo, apenas tuvo tiempo para reaccionar. Los dos perros atravesaron la ruinosa pared y fueron directos hacia Camille, que aprovechó ese breve espacio de tiempo para estudiar la situación. Mientras, varios esbirros entraban por la misma ventana por la que ella había entrado segundos antes. Viéndose rodeada, supo que había llegado el momento de jugar sus cartas. Cerró los ojos y, cuando los perros abrían ya la boca para asestarle un fatal mordisco, el cuerpo de Camille provocó un destello que cegó a cuantos seres se encontraban allí. Tal despliegue de poder no era gratuito, ya que mermaba en exceso su energía, pero no le quedaba otra opción. Los esbirros salieron de nuevo por la ventana y los perros comenzaron a aullar. Incluso Cerbero se había visto sorprendido por el despliegue de Camille y retrocedió varios pasos. Fue cuando ella aprovechó su oportunidad. A toda velocidad se dirigió a donde se encontraba Abigail, que sonrió levemente al verla. Había resistido.

—Has tardado mucho —susurró Abigail sin fuerzas. Sin embargo, lo primero que hizo Camille fue rebuscar en sus bolsillos. Necesitaba el frasco de hydor para poder escapar.

—Se han complicado las cosas.

—*Estúpida* —dijo Cerbero—. *¿Qué truco piensas hacer ahora?*

Pero a Camille no le hizo falta pronunciar palabra alguna para contestar. Había encontrado lo que buscaba.

—*¿Qué es eso?* —gritó Cerbero. Los perros, que se habían recuperado del destello, dieron nuevamente varios pasos hacia atrás—. *No puede ser.*

—*Hydor* —dijo Camille—. *¿Quieres un poco?*

Cerbero, en un arrebato de ira, golpeó la pared con el puño y provocó que gran parte se derrumbara. De nuevo Camille le había sacado ventaja. Fuera de sí, lanzó otro golpe que hizo temblar a toda la estructura de la casa. Había sido un error suyo por no registrar el ente de Abigail. El frasco de hydor no solo le había permitido a Camille localizar a Abigail con suma facilidad, sino que, en manos de la propia Camille, se convertía en un elemento muy poderoso. Una simple gota de aquella agua provoca que cualquier ser regrese de inmediato al Umbral, sea cual sea. Incluso si cayera en una persona viva, esta fallecería de súbito.

—*El agua de los muertos* —dijo Cerbero sin mirar de forma directa a Camille. La detestaba profundamente en ese momento.

—*Yo y Abigail vamos a irnos ahora. Vas a dejarnos que nos marchemos* —dijo Camille—. Vamos, Abigail.

Los ojos de Cerbero estaban iluminados por el fuego de su odio, pero sabía que no tenía opción. Si Camille abría el frasco y vertía el agua, todos regresarían al Umbral. Abigail también, pero quedaría ajena a su control. En otras circunstancias no le habría importado, pero no estaba dispuesto a ceder contra Camille. Haría lo que hiciese falta para quedarse con el alma de Abigail. La había castigado durante un buen rato, por lo que intuía que no le quedaba mucho tiempo. Ni mucho menos la había perdido.

Las dos mujeres salieron de la casa. Con una mano, Camille ayudaba a Abigail a caminar, y con la otra mantenía visible el frasco de hydor para que ningún esbirro se acercara. La luz del frasco provocaba que los esbirros se alejaran despavoridos.

—Estás a salvo, Abigail.

La joven asintió un poco mareada.

—Tiene a mis padres —susurró. Camille arqueó las cejas.

—¿Quién? ¿Cerbero? Te aseguro que no. Tus padres cruzaron el río. El único de los involucrados en todo esto que está en los dominios de Cerbero es el juez Paul Norton. Nunca creas a Cerbero, incluso cuando sepas que dice la verdad. Es muy listo y tiene la manera de hacer creer que todo lo que dice es cierto, pero no es así.

—¿De verdad? —preguntó Abigail.

—¿Qué gano yo mintiéndote? Lo verás por ti misma cuando cruces el río.

CAPÍTULO 17

CERBERO OBSERVÓ de reojo que Camille y Abigail se marchaban de la casa. Cuando las perdió de vista, se acercó a una de las ventanas y las estuvo viendo hasta que desaparecieron en el horizonte.

Había subestimado a Camille. Además, le preocupaba lo que esta había podido averiguar en el Umbral. Si resolvían los interrogantes acerca del asesinato de Abigail, su alma hallaría las respuestas necesarias y podría cruzar el Aqueronte. Eso era lo que no podía permitir. Para ello tenía que descubrir qué le había ocurrido y borrar cualquier rastro que le permitiera a Camille llegar hasta la verdad. Camille… La odiaba.

Respiró hondo. Los perros, gruñendo, maldiciendo su suerte de la misma manera que lo hacía su amo, se situaron a su lado. Estaban más furiosos que nunca.

Cerbero murmuró unas palabras y a los pocos segundos entraron a la casa todos los esbirros que habían estado vigilando antes de que Camille entrara. Tras un leve gesto, los perros se abalanzaron sobre ellos y despedazaron aquellas almas, absorbiendo su poder, mutilándolas y condenándolas a una existencia mucho más lamentable.

CAPÍTULO 18

ABIGAIL FUE RECUPERANDO las fuerzas a medida que sentía que la influencia de Cerbero se desvanecía. Se parecía a respirar a pleno pulmón instantes después de haber estado a punto de ahogarse en el agua, experiencia que vivió cuando era niña en la piscina de sus primos.

—Estuvo cerca —dijo Camille más tranquila. Sabía que había corrido un gran riesgo.

—¿Por qué has tardado tanto?

—Las cosas no son tan fáciles, Abigail. He sido todo lo rápida que he podido. Lo importante es que hemos escapado de Cerbero una vez más. Tenemos que aprovecharlo. La próxima vez que nos encontremos con él será más poderoso.

Abigail asintió.

—Entonces, no tiene a mis padres.

Camille chasqueó los labios.

—Ya te he dicho que es mentira. Acabo de regresar del Umbral. Su única intención era llevarte con él. Cerbero sabe cómo manipular a las almas para conseguir lo que quiera de ellas, pero por suerte te has resistido. Estoy orgullosa de ti.

La joven no dijo nada. Se limitó a recordar las cosas tan horribles que Cerbero le había dicho.

—Me ha contado algunas cosas…

—Supongo que malas —interrumpió Camille—. Ya te he dicho que todo lo que Cerbero quiere es anegar tu alma y puede utilizar cualquier argucia. No pienses más en ello o su ponzoña seguirá afectándote.

Abigail asintió, aunque la molestia persistía.

—¿Has averiguado algo importante? —preguntó para cambiar de tema de conversación.

—Desde luego que sí. ¿Recuerdas el accidente en el que falleció un joven? Ese que iba en moto con su hermano. En las fotografías que vimos su cuerpo quedó en el lugar exacto en el que apareció el tuyo. Puede que sea una coincidencia o no, pero hay que tenerlo en cuenta. He conseguido el nombre del otro hermano que iba en la motocicleta. Se llama Ethan Right y puede ser que a través de él descubramos pistas acerca de lo que te ocurrió. Por otro lado, tenemos al hijo del juez Paul Norton. Debemos tenerlo en cuenta si aceptamos la posibilidad de que tu padre recibiera favores ilícitos del juez.

—Pero no sabemos el nombre del hijo del juez. Ni siquiera dónde está.

—Respecto a lo primero, puede ser buena señal. En cuanto a lo segundo, vamos a solucionarlo ahora mismo.

Camille miró su reloj y después alzó la cabeza. A pocos pasos de ellas había una cabina telefónica que se levantaba como una reliquia de otro tiempo. La cubrían tantos grafitis que resultaba imposible saber cuál era el más reciente.

—Tengo que hacer una llamada —dijo Camille dirigiéndose hacia el teléfono.

—¿En la cabina? Tienes móvil —dijo Abigail extrañada. Le desconcertaba el hecho de que Camille fuera un ser de otro mundo y se ciñera a la realidad de aquella manera tan particular.

—Voy a llamar a la comisaría a preguntar por alguien que

puede estar relacionado con tu asesinato. Si valoran esta opción al igual que nosotras, pueden localizar la llamada, rastrear el número o quién sabe. No esperes que la policía sea comprensiva con nuestra situación. Recuerda que no te ven como Abigail. Lo último que necesitamos es que más gente vaya tras nuestros pasos. Podríamos acabar arrestadas.

—Tiene sentido, pero son casi las diez de la noche. ¿No es un poco tarde para llamar a la comisaría? —preguntó Abigail.

—Nunca es tarde para Cynthia Frester, periodista de investigación de New York Times —dijo Camille mientras descolgaba el teléfono de la cabina. Introdujo un par de monedas y marcó el número—. Una persona famosa abre las puertas que quiera a la hora que sea. Avísame si ves algo extraño.

Abigail asintió y repasó la calle con la mirada.

—Buenas noches. Lamento mucho llamar a estas horas. Soy Cynthia Frester, periodista del *New York Times*. Estamos realizando una investigación acerca del juez Paul Norton. Se trata de una serie de artículos que saldrán publicados en los próximos días…

La joven escuchó sorprendida cómo Camille se transformaba por completo en la periodista que decía ser. No había caído en la cuenta antes, pero esa tal Cynthia existía realmente e incluso había ganado un Pulitzer por algunos de sus trabajos. Era toda una celebridad en Nueva York y muy conocida en el mundo de la policía, a la que siempre trataba con magnanimidad en sus artículos. Esa relación simbiótica le permitía a la periodista disponer de exclusivas y noticias impactantes antes que cualquier otro periodista de la ciudad.

—Así es, el hijo del Paul Norton. Sí. Es una historia terrible. Lo comprendo. Sé que es precipitado, pero solo necesito el nombre, mis fuentes a veces no dan mucho de sí. ¿De verdad? No sabe cuánto se lo agradezco. Gracias. Gracias. —Colgó el teléfono y encaró a Abigail con una sonrisa—. El hijo del juez se llama Richard Norton, y tiene 32 años. ¿Te resulta familiar?

—Nunca he oído hablar de él.

—Bueno, era una posibilidad. Al menos, ahora tenemos los nombres de los dos sospechosos. Algo es algo. Por cierto, junto al teléfono había un viejo mapa de la zona. Supuestamente hay una iglesia no muy lejos de aquí. Es el lugar idóneo para pasar el resto de la noche. Allí estaremos a salvo.

Se encaminaron hacia allí, pero mientras caminaba, Abigail se fijó en cómo Camille contraía el rostro.

—¿Qué ocurre ahora? —preguntó la joven.

—Estoy un poco confundida. Lo único que te une con Richard Norton es la posibilidad de que tu padre se beneficiara del suyo, lo que podría relacionarse con lo que le ocurrió a tu padre en la carretera 47. En cambio, con Ethan Right el nexo es el lugar donde dejaron tu cuerpo. Esperaba que al indagar un poco más sobre ellos la balanza terminara de decantarse hacia uno u otro, pero no que mantuviera las dos opciones intactas.

—Me encantaría ayudarte, Camille, pero jamás había escuchado esos nombres hasta ahora.

—No te preocupes. Es mi trabajo resolver todo esto. Ahora vayamos a la iglesia. Hay que darse prisa.

—¿Por qué no me dijiste antes que me refugiara en una iglesia? —preguntó Abigail. Camille la miró con gesto de reproche.

—¿Crees que no te puse a salvo aun pudiendo hacerlo? Enseguida sabrás por qué no te mencioné nada. Ya te he dicho que las cosas no son tan simples como parecen.

—Sí, ya, ya.

Incrementaron el ritmo y llegaron a las cercanías de la iglesia, que se encontraba en el centro de una pequeña plaza donde se distribuían pequeños árboles y mesas de cemento. La típica escena residencial de las afueras. No obstante, Abigail se detuvo.

—¿Qué es ese resplandor? —preguntó con sus manos en forma de visera.

—Es la iglesia. Los santos lugares irradian luz para iluminar a las almas, como el farero, ¿lo recuerdas? Los esbirros no pueden acercase a esa luz ni mucho menos atravesarla, pero nosotras sí podemos. Una vez dentro, estaremos a salvo.

—Es muy intensa —dijo Abigail—. ¿Por qué no me ha pasado antes en Nueva York?

—Durante el día brillan con menos intensidad. No lo habrás advertido. Además, has estado ocupada en otras cosas. No te preocupes. Poco a poco te acostumbrarás y podrás ver más allá. Es cuestión de tiempo.

Camille estudió el lugar con atención mientras Abigail descansaba apoyada en una farola. Camille sabía que había sufrido mucho a manos de Cerbero: había perdido mucha energía.

—¿Por qué no entramos ya? —preguntó Abigail, que comenzaba a vislumbrar la estructura de la iglesia.

Camille levantó la mano pidiendo calma.

—Por eso precisamente no te dije que buscaras una iglesia para refugiarte. No te fíes de la aparente tranquilidad. Las iglesias son santos lugares y, por lo tanto, seguros para nosotros, pero no el espacio que les rodea. Este suele estar vigilado por esbirros deseosos de entregar un alma nueva a su amo.

—Esto no se acaba nunca —dijo Abigail ocultándose el rostro con las manos.

—Sí, sí se acaba, pero tenemos que hacerlo correctamente. Además, mira qué hora es. La iglesia estará cerrada. Hay que buscar una manera rápida para entrar.

Camille analizó el edificio y vio una abertura en una de las vidrieras laterales. Iba a ser complicado, pero si conseguía que Abigail entrara antes de que la alcanzaran los esbirros le era suficiente.

—Vale. Ya sé cómo vamos a hacerlo. —Después se fijó con atención en la plaza. Afinó la mirada y advirtió las figuras negras que vagaban de un lado a otro: los esbirros—. Toca correr. ¿Te ves con fuerzas?

—No me queda más remedio, ¿verdad?

Camille movió la cabeza de un lado a otro.

—Yo te protegeré en todo momento. Saca el frasco de hydor y encárgate de que los esbirros lo vean. Eso los mantendrá a raya.

—De acuerdo. ¿Qué les pasa con este frasco? A Cerbero no le gustó en absoluto.

—Contiene agua del río Aqueronte. Si se derramara, aquel a quien toque regresaría de inmediato al Umbral. El Aqueronte no cede ni una sola gota de su agua. Solo el poder del frasco la retiene.

Abigail arqueó las cejas.

—No me dijiste nada de eso cuando me lo entregaste.

Camille se rio.

—No se abre tan fácilmente. Tú no tienes poder para ello. ¿Estás lista?

—Creo que sí.

—Bien. A mi señal, correremos en esa dirección —dijo Camille señalando hacia uno de los laterales de la iglesia—. Hay una vidriera que está abierta. No es un espacio muy grande, pero sí el necesario para que entremos. Pero lo más importante es llegar al edificio. Una vez allí, los esbirros no tendrán nada que hacer.

CAPÍTULO 19

Había una veintena de esbirros vigilando alrededor de la iglesia. Deambulaban de un lado a otro de manera pausada, como si les resultara complicado mover sus cuerpos. Abigail y Camille estaban listas para correr hacia la vidriera. Era arriesgado, pero no tenían elección.

Sin embargo, la suerte se puso de lado de las dos mujeres.

Justo antes de que Camille hiciera la señal para comenzar a correr hacia la iglesia, algo sucedió al otro lado de la plaza. Se escuchó un grito que alertó a los esbirros.

—¿Qué ocurre? —dijo Abigail temerosa de que se tratase de Cerbero. Camille se incorporó para ver qué estaba ocurriendo.

En efecto, al otro lado de la plaza, dos personas corrían desesperadas en dirección al templo, perseguidas por varios esbirros que estaban a punto de abalanzarse sobre ellas.

—¿Quiénes son? —preguntó Abigail.

—Almas en tu misma situación. Habrán visto la luz de la iglesia.

En ese momento, todos los esbirros que guardaban el edificio se dirigieron hacia esas personas, que tuvieron que girar bruscamente para evitar verse rodeadas.

—¡Dejadnos en paz! —gritaba una de ellas.

—¡Hay que ayudarles! —dijo Abigail.

Camille no se inmutó.

—Tenemos que entrar en la iglesia. Es nuestra oportunidad. ¡Vamos!

—¿Vas a dejar que las atrapen?

—No podemos hacer nada por ellas, Abigail. Lo único que nos queda es aprovechar la distracción para entrar en la iglesia. ¡Venga!

Las dos salieron de su escondite y se dirigieron a toda velocidad hacia el edificio. Mientras corrían, observaron la agonía de quienes huían de los esbirros. Habían fracasado en un intento de llegar al templo y ahora trataban de ganar los metros suficientes a los esbirros para tener una nueva oportunidad.

—No te distraigas, Abigail —dijo Camille, pero la joven no podía quitar los ojos de esas almas que estaban a punto de ser atrapadas. Los rugidos y lamentos de los esbirros atronaban en la plaza como si se trataran de las campanas de la iglesia.

De repente, de una de las calles que desembocaba en la plaza comenzaron a llegar esbirros que les bloquearon el camino a esas dos almas que huían despavoridas. Una de ellas, desesperada, intentó sorprender a los esbirros girando bruscamente hacia la iglesia, pero lo único que consiguió fue que estos la atraparan y se la llevaran consigo.

—¡Tenemos que hacer algo! —exclamó Abigail, que se detuvo en seco y comenzó a agitar los brazos—. ¡Eh, estamos aquí! ¡Aquí, esbirros de los cojones!

—¡Abigail! —gritó Camille.

Pero ya era tarde. Los esbirros escucharon el grito de Abigail y parte del grupo se dirigió veloz hacia donde se encontraban las dos.

—¡Corre, Abigail!

La iglesia estaba solo a cincuenta metros, pero los esbirros se acercaban por otros lados. La otra alma, que todavía corría, cayó también bajo los esbirros, por lo que todos los demás se centraron en Camille y Abigail.

—¡Levanta el frasco! —gritó Camille. La joven le obedeció y los esbirros se detuvieron cuando vieron el brillo de la luz del hydor.

Por fin, llegaron a la pared de la iglesia. Camille ayudó a Abigail a entrar y después saltó ella por encima de la vidriera. Las dos estaban exhaustas en el suelo de la iglesia, tratando de recuperar el aliento.

—Ha sido una estupidez, Abigail. No vuelvas a hacer algo así, ¿me has entendido?

—Eran almas como yo. Tú misma lo has dicho. Las hemos abandonado.

Camille se incorporó.

—No podemos salvar a todos. Si nos hubieran atrapado, te habrías convertido en un esbirro. Te habrías entregado tú sola a las manos de Cerbero.

Abigail se quedó en silencio. Era consciente del error que había cometido.

—He hecho lo que creía que tenía que hacer —dijo tras unos segundos.

—Las hubiéramos salvado si hubiese sido posible, Abigail. Pero no tenían opción, estaban rodeadas de esbirros.

—Lo sé.

—En fin —dijo Camille—. Lo que realmente importa es que estamos a salvo aquí dentro. Podrás descansar un poco.

La joven se levantó y repasó todo el interior de la iglesia.

La nave central se encontraba prácticamente a oscuras, con la única claridad de las velas que custodiaban el sagrario. Esta tímida claridad se reflejaba en los pilares y el suelo reluciente, tiñendo el ambiente de tintes etéreos. Los bancos de madera, que se extendían desde el principio del altar hasta casi el final, se asemejaban a fieles que rezaban de rodillas frente a la imagen del crucificado, que coronaba todo el conjunto.

—Más vale que vayamos al fondo. Quizás el sacerdote duerma en la parte de atrás y haya escuchado nuestro ruido al saltar por la vidriera —dijo Camille.

Sin esperar ni un segundo, las dos mujeres se dirigieron a la parte final de la iglesia y se sentaron tras la estructura de madera del confesionario, bañadas por una completa oscuridad.

—Silencio —dijo Camille mientras señalaba hacia el altar. De repente, una puerta lateral que se encontraba a un lado comenzó a abrirse lentamente—. Debe ser el sacerdote. Con todo lo ocurrido con los esbirros, hemos debido hacer más ruido del necesario.

Abigail observó con temor la tímida luz que atravesaba el umbral de la puerta. En la amarillenta luz se dibujó la silueta de un hombre entrado en años, que caminaba con cierta dificultad y parecía murmurar algún tipo de oración.

—No te muevas —susurró Camille. La figura oscura del sacerdote se tornó más amenazante todavía. Su rostro bañado por las sombras oteó el interior de la iglesia.

—¿Él no puede ayudarnos? —preguntó la joven.

—¿Quién? ¿El sacerdote? Es un asunto complicado. Digamos que no todos pueden. Hay muy pocas personas en el Mundo de los Vivos que tienen constancia de nuestra existencia. No podemos arriesgarnos a confirmar si el sacerdote es una de ellas.

El sacerdote, con la mitad de su cuerpo cubierta por la luz y la otra por la oscuridad, movió la cabeza de un lado a otro. Después suspiró y se marchó, cerrando la puerta tras de sí. El sonido de la cerradura terminó de convencer a Camille de que el peligro había pasado.

—Ahora solo tenemos que esperar que amanezca para que las calles se limpien de esbirros —dijo mirando el reloj de su muñeca.

—¿Y después qué? —preguntó Abigail. Camille se fijó en ella. Sus ojos podían atravesar su ente y percibir su estado de ánimo. Su alma estaba agotada y asustada. Habían pasado muchas horas desde que abandonara el Umbral. El frasco de hydor le nutría, pero no le haría recuperar el vigor ni las energías de horas anteriores. La cuenta atrás era inexorable.

—Aprovechemos la espera para analizar la información que hemos recopilado. Estoy segura de que es posible obtener algo de ella ahora que podemos relajarnos un poco —dijo Camille.

—Yo sigo sin comprender el motivo de mi asesinato. Aunque mi padre hubiera estado relacionado con lo de ese juez corrupto, yo no tenía nada que ver: era… Soy inocente. Además no ha habido ningún asesinato relacionado con la supuesta venganza del juez.

Camille encogió los hombros. Le frustraba no tener todas las respuestas.

—Esto no se trata de determinar las causas de tu asesinato, sino en averiguar quién lo cometió. Con eso es suficiente. Pero si te sirve de consuelo, te diré que ningún asesinato tiene justificación, así que no te esfuerces en buscárselo al tuyo.

—Ya estoy muerta, Camille. El consuelo no me sirve en absoluto.

—Solo quería animarte un poco. ¿Ha funcionado?

Abigail dejó escapar una sonrisa por lo absurda de la situación. Había momentos en el que el aspecto racional de su cabeza activaba todas las alarmas y la incitaba a acudir al manicomio más cercano. Le resultaba complicado aceptar su muerte al mismo tiempo que se sentía con vida. Sin embargo, no echaba menos tener sed, frío o ganas de ir al baño. Desde su regreso al Mundo de los Vivos, no experimentaba las necesidades más básicas de cualquier ser humano.

—Eso está mejor —dijo Camille—. Ahora sigamos tirando del hilo. Cuando salga el sol, hemos de tener al menos un lugar al cual dirigirnos. No podemos quedarnos eternamente en la iglesia…

—Qué oportuna.

CAPÍTULO 20

Camille y Abigail se acomodaron en un hueco oscuro que había junto a la puerta principal de la iglesia, que les ofrecía más refugio que la parte trasera del confesionario. La madera de la estructura crujía cada vez que alguna de ellas se apoyaba, por lo que podrían acabar haciendo más ruido del necesario.

Aguardaron que la calma absoluta regresara y, una vez que se aseguraron de que todo estaba tranquilo, Camille le pidió a Abigail que se situara frente a ella.

—Necesito que me tapes por completo. La luz del móvil puede delatarnos si el sacerdote vuelve a echar un vistazo. Es tarde, pero quién sabe si ese hombre se desvela con facilidad.

—¿Qué vas a buscar ahora? ¿Al hijo del juez Norton? —preguntó Abigail.

—Nadie sabe dónde está y, además, no forma parte de ninguna red social. Eso es inusual en los tiempos que corren, pero nuestro amigo no ha dejado un rastro digital. Ir tras él nos llevaría mucho tiempo, sin que tengamos nada más que suposiciones contra él. Tenemos que descartar las opciones menos probables.

Abigail torció el gesto.

—He pensado también —continuó Camille— en el detective Harris. Nos sería muy útil conocer las líneas de investigación que está siguiendo la policía, aunque es arriesgado.

—¿Qué otra opción nos queda entonces?

—El accidente de moto de los hermanos Right. Tu cuerpo apareció justo en el lugar donde perdió la vida uno de ellos. Demasiada coincidencia, ¿no crees? —preguntó Camille—. Tiene más valor que unas simples amenazas.

—Te comprendo, pero no sé qué tiene que ver todo esto conmigo.

Camille asintió en silencio y se centró en la pantalla del teléfono. Tras varias búsquedas, consiguió lo que estaba buscando.

—En el Umbral hablé con el joven que falleció en el accidente. Iba en la moto con su hermano, que al parecer salió ileso. Ethan Right es su nombre —dijo Camille.

—¿Lo has encontrado?

—No es muy prolífico en redes sociales, pero sí que ha estado inscrito en numerosos portales de trabajo. No ha actualizado los perfiles desde hace años, pero quizás esta dirección pueda sernos útil. Vive no muy lejos de aquí. Tal vez podamos hacerle una visita dentro de un par de horas.

—No entiendo qué tiene que ver conmigo —protestó Abigail.

—¿Recuerdas cuando estábamos en la cafetería de los gatos? Antes de que yo regresara al Umbral.

Abigail asintió.

—Tuviste una regresión. Cuando comenzamos a indagar acerca de la carretera 47, recordaste que a tu padre le sucedió algo allí. Tal vez tu padre fuera el conductor del otro vehículo que se vio involucrado en el accidente con la motocicleta.

—Pero jamás escuché nada de eso en mi familia. Creo que habría sabido en algún momento que mi padre había estado involucrado en un accidente en el que perdió la vida una persona.

Camille guardó silencio un par de segundos. Sabía que debía tener cuidado con las palabras.

—En todas las familias hay secretos, Abigail. Aun así, insisto: lo que pasó o dejó de pasar no debería afectarte. No se puede cambiar el pasado, por lo que no tiene sentido martirizarnos con él. Hay que mirar hacia adelante y la única luz que brilla ahora mismo en nuestro camino es Ethan Right. Hay que lograr entrevistarnos con él.

—De acuerdo.

La joven no estaba convencida, pero sí comprendió que no tenía más remedio que seguir las indicaciones de Camille.

Esta le consoló poniéndole la mano en el hombro.

—Es muy difícil, ¿sabes? A veces creo que todo esto es una pesadilla de la que voy a despertar en cualquier momento.

—Pronto descansarás, Abigail. Ya falta poco.

CAPÍTULO 21

UNA BRISA acompañó a la primera claridad del día. El cielo, como si quisiera demostrar todo de lo que era capaz, lucía una amplia gama de colores que iban desde el negro más absoluto hasta el azul claro del horizonte. En ese preciso momento en el que oscuridad y luz se entremezclan y dan lugar a un momento confuso e inexplicable, muchos de los esbirros que rodeaban la iglesia comenzaron a desvanecerse. El Mundo de los Vivos despertaba.

—Falta poco —dijo Camille.

Ambas se encontraban frente a la misma vidriera por la que habían entrado, preparadas para salir en cuanto los rayos del sol les anunciaran que estaban a salvo de cualquier peligro.

—¿A dónde van? —preguntó Abigail refiriéndose a los esbirros.

—A los lugares sombríos donde no llega la luz, donde nadie les molesta y donde aguardan la llegada de la oscuridad para campar de nuevo por las calles.

—¿Lugares sombríos?

Camille asintió.

—Están por todas partes. Edificios abandonados, alcantarillas…

Abigail tragó saliva. Ver con sus propios ojos como esas figuras, algunas con forma humana y otras totalmente deformadas, desaparecían poco a poco, le acongojaba. Pensó por un momento en esos lugares, tétricos y perdidos, donde esperaban que el sol volviera a ponerse. ¿Qué ocurriría si alguien se adentraba en esos lugares malditos? Tuvo la intención de preguntárselo a Camille, pero al final calló. Había cosas que era mejor no saber.

Así, mientras aquella realidad paralela regresaba a su refugio, la vida normal, la de los vivos, se reiniciaba con el amanecer. Pasados unos minutos, la luz de las farolas se vio empequeñecida por la claridad del día antes de extinguirse definitivamente.

—Es el momento. El sacerdote no tardará mucho más en abrir las puertas de la iglesia. ¡Vamos! —dijo Camille.

Abigail fue la primera en salir por la vidriera. Afortunadamente, los setos y árboles que rodeaban la construcción les permitieron pasar inadvertidas y sumarse al despertar del ajetreo matutino con total normalidad.

—Tenemos una nueva oportunidad. No hay tiempo que perder —dijo Camille.

—¿Dónde está la casa de ese tal Ethan Right? —preguntó Abigail. La luz del sol le aclaró el ánimo.

—Aquí mismo, en Ossining. Al menos es la única dirección que he encontrado. Quizás ya no viva ahí, pero por el momento no tenemos otra cosa.

—¿Está muy lejos?

Camille observó la pantalla de su móvil.

—Según Google Maps, a unos diez minutos. Prefiero ir caminando. Las primeras horas de la mañana son mis favoritas.

—A mí también me gustan —dijo Abigail.

—Pues no se hable más. Caminaremos hasta la casa de Ethan Right y descubriremos si tuvo algo que ver con tu asesinato.

Abigail dibujó una media sonrisa en el rostro. Camille sabía que intentaba disimular, pero su nerviosismo era evidente.

—Todo saldrá bien. No te preocupes.

—Sí. Saldrá bien —dijo Abigail.

En ese momento, Camille le dedicó una amplia sonrisa, que fue desapareciendo a medida que se fijaba en el coche que acababa de pasar junto a ellas. Había creído reconocer al conductor.

—¿Qué ocurre? —preguntó Abigail.

—Creo que se nos han adelantado —contestó Camille.

—¿Quién? ¿Cerbero?

Camille movió la cabeza de un lado a otro. Pese a que complicaba las cosas, no dejaba de ser una buena señal.

—El detective Harris.

CAPÍTULO 22

EL DETECTIVE LIAM HARRIS saboreó el último regusto del café, o más bien, del mejunje frío que llevaba junto al asiento del coche. El asesinato de Abigail Thompson le obsesionaba, aunque más que el asesinato, lo que más le preocupaba era la ausencia de pistas o evidencias claras. Lo último que deseaba es que apareciera otra joven asesinada que indicase que se enfrentaban a un asesino en serie. Valoraba seriamente esta opción, pero confiaba en que no fuera así. Eso complicaría mucho las cosas. Aun así, la ausencia de pistas indicaba premeditación.

No obstante, la última revisión que había hecho del caso le permitió realizar unos tímidos avances. No estaba muy seguro, pero poco más podía hacer por el momento.

La joven había aparecido sin vida en una carretera comarcal al norte de Nueva York, lo cual era extraño por muchos motivos. El primero, y en el que coincidían todos los conocidos a los que había entrevistado, era que Abigail no tenía motivos para circular por esa carretera: todos sus familiares y amigos residían en la ciudad; tampoco tenían constancia de que estuviera conociendo a nadie. Además, esto coincidía con el hecho de que apenas había sangre en el lugar del crimen, lo que significaba que allí no se había cometido el asesinato. La joven fue apuñalada con mucha violencia, por lo que tuvieron que dejarla allí una vez que acabaron con su vida.

Eso complicaba las cosas. En la autopsia se reveló que no había rastro fisiológico alguno del asesino en el cuerpo de la joven, por lo que no se podía utilizar tampoco la base de datos de ADN para identificar al agresor. ¿Qué quedaba entonces? El lugar donde habían dejado el cuerpo como único nexo para llegar hasta el asesino.

Había algo peculiar. ¿Qué sentido tenía dejar un cadáver en mitad de una carretera? Era poco transitada, pero aun así el asesino se arriesgó a detener el vehículo a un lado de la carretera, sacar el cuerpo y arrojarlo al suelo.

El detective se centró en eso. Dejar el cadáver en un lugar visible indicaba que el asesino quería que hallaran el cuerpo, tal y como ocurrió horas después. Si a eso le añadía la extrema violencia con la que fue apuñalada la joven, resaltaba una conexión emocional entre víctima y asesino. Sin embargo, Harris había comprobado el círculo social de la joven y las probabilidades de que el asesino saliera de allí eran bastante bajas. Por otro lado, la brigada informática había analizado sus perfiles y redes sociales, así como su móvil, y no había ni rastro del potencial asesino.

No obstante, la investigación había dado un vuelco al indagar en la propia familia de la joven. El padre de Abigail, hace muchos años, sufrió un accidente de tráfico en el que se habían visto involucrados unos jóvenes que iban en motocicleta. Los expedientes de lo sucedido se habían traspapelado. Lo único que quedó en claro es que la culpa recayó en el joven que falleció, un tal Howard Right. Sin embargo, su hermano, Ethan Right, que iba en la parte trasera de la motocicleta, testificó que la culpa había sido del conductor del coche, que apenas podía mantenerse en pie y apestaba a alcohol. El detective Harris no encontró ni un solo informe que hiciera referencia al estado de embriaguez del padre de Abigail. Pero, aun así, estableció una relación entre Ethan Right y el lugar del accidente, que era el mismo sitio donde había aparecido Abigail Thompson.

Ethan Right vivía en Ossining, en la misma casa en la que había vivido con sus padres y su hermano Howard, todos ya fallecidos. De momento, era bastante probable que Ethan continuara frecuentando la carretera 47, lo que ya era algo.

En un primer momento, el detective Harris había pensado en llamarle primero por teléfono, aunque pensó que si se trataba realmente del asesino de la joven, la llamada le alertaría y podría huir. Así que esa mañana, cuando llegó a la comisaría, decidió aplicar el factor sorpresa y visitarle a primera hora convencido.

Los últimos kilómetros hasta la residencia de los Right los hizo completamente absorto, centrado en los pormenores del caso. Cuando se quiso dar cuenta, se había detenido frente a la casa: el número dieciséis de Pine Street, en Ossining.

—Aquí es —dijo para sí mismo. Después miró el reloj, tenía que esperar al oficial Smith. Se había encontrado con este hacía unos minutos en un control de carretera, no muy lejos de allí. Justo después de dejarlo atrás lo había contactado por la radio para que lo acompañe a hablar con el sospechoso, aunque no había obtenido una respuesta. De hecho, una vez le comunicó dónde se encontraba la casa de los Right, el oficial no volvió a hablar por la radio.

—Estará de camino —musitó—. Esperaré un par de minutos.

Decidió aprovechar ese tiempo para estudiar el lugar. Con especial atención se fijó en las ventanas. Las luces estaban apagadas, por lo que cabían dos posibilidades: o se había marchado a trabajar o aún dormía. Confiado en su suerte, el detective apostó por la segunda. Miró el reloj. Si no calculaba mal, el oficial debía estar a punto de llegar. Activó la radio de nuevo y trató de comunicarse con él, pero no obtuvo respuesta. Cambió a la frecuencia general, pero respondieron otros agentes.

Finalmente consideró que ya había esperado el tiempo suficiente.

—Habrá ido a desayunar primero.

Cruzó el descuidado jardín mientras observaba el resto de casas. Unifamiliares, gente humilde que se niega a ser absorbida por el cemento de la gran ciudad, aunque era evidente que las últimas crisis habían mermado mucho la economía del lugar. Mientras se acercaba a la puerta, se preguntó cuánto valdría el alquiler por la zona. Le gustaba Nueva York, pero la mitad de su sueldo se le iba en un ridículo estudio en el que no había paredes que separaran unas estancias de otras.

Se detuvo frente a la puerta y la golpeó con los nudillos. Después, agudizó el oído para escuchar cualquier ruido que proviniera del interior. El sonido de unos pasos perezosos arrastrándose sobre la moqueta sonó con más intensidad. Alguien se estaba acercando a la puerta. Sin embargo, tardaron un par de minutos en abrirla. El detective intuyó que lo estarían observando por la mirilla, por lo que se mostró relajado. Estaba claro que esa persona valoraba si abrir la puerta o no. Al fin, el sonido metálico del cerrojo disipó sus intenciones.

—¿Qué quiere? —preguntó el hombre que había al otro lado. Su ceño fruncido indicaba desconfianza.

El detective se echó el abrigo a un lado y dejó al descubierto la placa. También, aunque de manera más sutil, enseñó parte de la funda de la pistola. Con ello pretendía dejar claro que tenía un arma y que podía utilizarla llegado el caso. Trucos psicológicos que se aprenden con la experiencia de los años de servicio y pueden llegar a evitar muchos problemas.

—Detective Liam Harris. ¿Es usted Ethan Right?

El hombre de la puerta asintió, todavía ceñudo. Estaba despeinado, lucía barba de tres días y abultadas ojeras que indicaban que no había dormido lo suficiente. El detective pensó que era el aspecto de alguien atormentado.

—Me gustaría hacerle un par de preguntas. Serán solo unos

minutos —dijo el detective haciendo el amago de dar un paso hacia adelante. No obstante, Ethan no se movió ni un centímetro.

—Aquí me tiene —dijo con voz pastosa.

Harris decidió ir poco a poco. Había localizado a Ethan Right y este accedió a hablar con él.

—¿Tiene usted hermanos, señor Right?

Las palabras del detective provocaron que Ethan se agitara.

—Tenía uno, pero lo asesinaron. ¿Por eso ha venido? ¿Van a reabrir el caso después de tantos años? —preguntó con ironía.

El detective encogió los hombros e hizo un gesto ambiguo con la cabeza.

—Por algo relacionado, sí. ¿Cómo se llamaba?

—Howard. Y para ahorrarle la pregunta, le diré que lo embistió un borracho cuando regresábamos a casa. Yo me salvé porque Dios así lo quiso, pero mi hermano acabó aplastado como un mosquito.

—Lo lamento sinceramente, señor Right. Para ser sincero con usted, le confirmo ya que no estoy aquí para reabrir la investigación de la muerte de su hermano.

Ethan arqueó las cejas y tensó los labios.

—Lo suponía. No hicieron nada en aquel momento, ¿por qué iban a hacerlo ahora? ¿Va a decirme entonces a qué ha venido?

—Verá, señor Right, hace pocos días fue asesinada la hija del hombre que estuvo implicado en el accidente en el que falleció su hermano. La joven se llamaba Abigail Thompson.

—¿Qué significa eso? ¿Es que me está acusando?

—Oh, no, por supuesto que no. Simplemente quería hacerle unas preguntas.

En ese momento, Ethan abrió la puerta de par en par, como si dejara claro así que no escondía nada. Sin embargo, el detective no supo traducir el gesto y se quedó en su sitio.

—Pase. No tengo nada que ocultar, puede comprobarlo por sí mismo —le dijo perdiéndose en el pasillo a oscuras de su casa.

Harris le siguió, aunque guardó la distancia hasta que Ethan corrió las cortinas y el interior se iluminó un poco. Había algo en ese hombre que le hacía desconfiar. Sus gestos y palabras delataban un conflicto que le llamaba la atención. Caminaron hasta el salón y ocuparon sendas sillas que había junto a una antigua mesa de madera muy usada. Al otro lado de la habitación había un sofá igualmente ajado y una estantería con revistas amontonadas. Harris reconoció una Playboy y el Beisbol Week. Por lo demás, la decoración era muy austera. No obstante, el detective se fijó en que no había ni una sola fotografía familiar, al menos a la vista. Una casa sin recuerdos que indicaba una clara voluntad de olvidar el pasado y quizás un trauma aún latente.

—¿Qué necesita saber? —dijo Ethan mientras se encendía un cigarrillo. La impaciencia brotaba de su rostro. El detective sacó el móvil y buscó una fotografía de Abigail Thompson para mostrársela. Cuando lo hizo, Harris analizó la reacción de Ethan, pero no pudo extraer ninguna conclusión clara.

—¿Le resulta familiar? —preguntó.

Ethan negó con la cabeza a la vez que sonreía de manera irónica.

—¿Así que esta es la hija de quien mató a mi hermano?

Harris midió los tiempos. La muerte de Howard tuvo lugar hace mucho tiempo, quizás demasiado para una sangrienta venganza. Las posibilidades de que hubiera cometido un error yendo a la casa de ese hombre se mantenían intactas.

—Es la hija del hombre que estuvo involucrado en el accidente —corrigió con sutileza el detective.

Ethan dio una fuerte calada al cigarrillo y expulsó el humo en el espacio que había entre ambos.

—No la conozco ni recuerdo haberla visto jamás. ¿Hemos terminado?

El detective aceptó la respuesta sin más, sin expresar cuáles eran sus verdaderos pensamientos. Ethan ocultaba algo, podía ser que se tratara del asesino o que menudeara con drogas, es decir, no era indicativo de nada concreto.

—Tengo otra pregunta. ¿Suele recorrer la carretera 47? —preguntó Harris.

—La evito siempre que puedo. Ya supondrá por qué.

—Puedo hacerme una idea, por eso se lo pregunto. No creo en las casualidades, señor Right. La joven que le acabo de mostrar apareció sin vida justo en el mismo sitio donde su hermano falleció. ¿No cree que sea demasiada coincidencia?

Ethan apuró el cigarrillo y lo arrojó al suelo, extinguiéndolo con un zapatazo.

—Ha venido aquí a acusarme, ¿verdad? No tiene la menor idea de lo que le ha ocurrido a esa desgraciada y me lo quiere cargar a mí.

—Solo estamos hablando, señor Right. Nada más.

En ese instante, el detective echó en falta al oficial Smith.

—Primero aprovecharon que mi hermano falleció en el accidente para echarle todas las culpas. ¡Un joven irresponsable y que no levantará la voz! Y ahora, años después, asesinan a esa joven y apuntan a mí. Permítame ahora hacerle una pregunta, detective.

Harris asintió.

—¿Tiene alguna prueba que señale mi implicación en la muerte de la joven?

—Como ya le he dicho, el cuerpo de Abigail Thompson ha aparecido en el mismo lugar en el que su hermano falleció. No se trata de una decisión arbitraria ni subjetiva, señor Right.

CAPÍTULO 23

Abigail y Camille incrementaron el ritmo de sus pasos cuando se percataron de que el detective Harris estaba también por el lugar. Era una buena señal que la investigación policial hubiese llegado a la misma conclusión, sin embargo, este hecho acarreaba consigo un inconveniente que Camille prefería mantener en secreto para no preocupar más a Abigail: Cerbero.

Sabía que él también estaría interesado en encontrar al asesino de Abigail, ya que así solo tendría que esperar hasta que ella acudiera a él. Pero el principal problema de Camille era que no tenía la menor idea de dónde se encontraba Cerbero, y eso no le daba buena espina. Al igual que hicieron ella y Abigail, Cerbero podría utilizar a la policía —a algún pobre agente— para averiguar más detalles del caso. Además, sus esbirros, aunque ocultos en las sombras, podían actuar como sus ojos y sus oídos.

—Ese es el coche del detective —señaló Camille— y esa casa es la residencia de los Right. Dieciséis de Pine Street. Puede que tengamos suerte después de todo. Si el detective permanece en el interior es porque Ethan Right continúa viviendo allí.

—Menuda coincidencia —dijo Abigail—. ¿Qué hacemos ahora?

Camille confió en que alguna idea acudiera a su cabeza en los últimos trescientos metros que tenía que recorrer hasta llegar a la casa. Aquella zona debía haber sido un barrio residencial de clase media hacía años, pero en ese momento la decadencia y la dejadez invadían hasta el último rincón. La sensación que tuvo Camille al ver la casa fue de tristeza. Pensó en que quizás el fallecimiento de Howard terminó por destruir a aquella familia, de la que ya solo quedaba Ethan.

Todo indicaba que él era el hombre que buscaban, el asesino de Abigail —la presencia del detective así lo confirmaba—, pero, de no ser así, no estaba segura de disponer de otra oportunidad para ayudar a la joven a cruzar el Umbral. Además, ¿qué otra opción quedaba?

—Será mejor que nos acerquemos a una de las ventanas —dijo Camille—. Los cristales no parecen muy gruesos. Quizás podamos escuchar de qué están hablando. Hay que intentar no inmiscuirnos hasta que no sea completamente necesario.

—¿Por qué no llamamos a la puerta? —preguntó Abigail.

—¿Y qué le decimos? No podemos precipitarnos. Además, el detective Harris está ahí. Tenemos que esperar.

—Tienes razón.

—Si pudiéramos escuchar de qué están hablando, sería fantástico. Puede que incluso el detective Harris nos haga el trabajo sucio —dijo Camille mientras miraba su reloj. El tiempo iba en su contra: intuía que Cerbero se estaba acercando.

—¿Qué te pasa? —preguntó Abigail al ver el rostro contraído de Camille.

—Atenta a los ladridos.

—¿Cerbero?

—No tardará mucho. Si no conseguimos nada en los próximos minutos, tendremos que entrar.

CAPÍTULO 24

Sᴉ ᴀʟɢᴜɪᴇɴ ʜᴜʙɪᴇsᴇ ᴘᴀsᴀᴅᴏ por el cruce de Fornast Street con la avenida Pittward, a las afueras de Nueva York, a eso de las ocho de la mañana, se habría llevado una desagradable sorpresa. A esa hora, el oficial de policía Smith retiraba las vallas que habían indicado durante toda la noche la presencia de un control policial. No había pescado mucho: un par de conductores con unas copas de más, un coche sin asegurar y otro que llevaba las ruedas demasiado flojas y corría el riesgo de que reventaran en cualquier momento. Por lo demás, había sido una noche tranquila. La situación comenzó a complicarse después del amanecer.

El cruce de Fornast con Pittward apenas recibía tráfico, ya que se trataba de una antigua circunvalación que rodeaba la ciudad por el norte y se había quedado desfasada, además de que el asfalto estaba en un estado lamentable, abandonado por las instituciones responsables. En un tiempo, sus márgenes estuvieron atestados de centros comerciales y concesionarios de ocasión, pero con el paso de los años cerraron la mayoría de negocios cuando la nueva autopista se llevó casi todo el tráfico que circulaba por allí. Sin embargo, el escaso tráfico y el estado todavía transitable del asfalto habían atraído a grupos de jóvenes que organizaban carreras ilegales de madrugada y traficantes de segunda del norte del estado, dispuestos a aprovechar aquella franja de territorio sin ley. Todo cambió cuando pocos años atrás hubo un accidente múltiple —o ajuste de cuentas— que se cobró la vida de cinco personas: todos miembros de distintas organizaciones criminales. Desde entonces, todas las noches se establece un control policial en uno o varios puntos de la circunvalación. No obstante, todavía quedaban resquicios de aquellos años.

Por ello, Smith arrojó al suelo la valla que sujetaba en cuanto vio como un vehículo se acercaba hacia a él a toda velocidad. Estaba a punto de desenfundar el arma, cuando reconoció la matrícula.

—¡Menudo imbécil! —exclamó con media sonrisa.

El coche que se acercaba y que ya había reducido la velocidad no era otro que el del detective Harris.

—Tenía ganas de pisar un poco el acelerador, oficial.

—Casi me da un infarto. ¿Qué te trae por aquí?

—¿Es que ya no se pueden visitar a los amigos?

Harris y Smith coincidieron en la Academia y sirvieron juntos como agentes de policía antes de que cada uno tomase su camino. Smith, impulsivo y de carácter, prefirió la amplitud de la periferia que moverse todo el día entre rascacielos y avenidas atestadas de tráfico. Se estrecharon la mano, aunque Harris no se bajó del coche.

—Diría que, más que visita, esto es una casualidad, ¿me equivoco? —dijo el oficial.

El detective levantó las manos.

—En eso tienes razón. Hubieras sido un gran detective.

—Mejor que tú seguro. ¿Puedo ayudarte en algo?

Harris asintió.

—Estoy investigando un asesinato. El cuerpo no apareció muy lejos de aquí: en la 47.

—El de esa joven, ¿verdad? Alice o Abigail, no recuerdo bien el nombre. Nos pasaron el informe preliminar. Desde entonces el jefe de sección estableció controles al norte del estado para aumentar la presión sobre el posible asesino, pero, si te soy sincero, es una pérdida de tiempo. No tenemos ninguna descripción del sospechoso ni del vehículo. Vamos a ciegas.

—Por eso, precisamente, estoy aquí. Voy a Ossining. Puede que haya encontrado algo.

Smith asintió.

—No está muy lejos de la carretera 47. —Smith, con la mirada de un agente que sabe los peligros que corre un colega que va por su cuenta, miró el solitario coche del detective—. ¿Vas solo? Estaré libre en un par de minutos. Cuéntame qué tienes.

Harris miró al oficial y asintió. No le había comentado a nadie sus sospechas en torno a Ethan Right, básicamente porque estás habían surgido de manera espontánea, casi como un impulso que tenía que satisfacer de inmediato. Hasta un novato recién salido de la Academia sabía que esa no era la forma de hacer las cosas. Un poco de ayuda nunca venía mal, y menos cuando la ofrecía el oficial Smith.

—Tengo un nombre. Ethan Right. ¿Te suena?

El oficial arqueó los labios.

—Es un apellido común, detective. Recogeré todo esto y contactaré con la comisaría del condado de Westchester. Quizás ellos tengan más datos.

A lo lejos, sonaron varios ladridos. Smith levantó la mirada, pero no vio a ningún perro. Aparte de ellos, la carretera estaba completamente solitaria. Era un tramo de unos seis kilómetros que podía servir de decorado a alguna película apocalíptica. Los ladridos sonaron de nuevo. Tenían un tono muy grave y profundo, lo que indicaba que eran perros de gran tamaño.

—¿Es que hay leones por aquí? —bromeó Harris.

—Los leones no ladran, detective.

El detective le dedicó una sonrisa y arrancó el motor.

—Mantengo la radio abierta.

—Te mantendré informado. Aquí estas cosas van más rápido que en Nueva York, descuida.

El detective sonrió.

—Gracias, oficial.

—Suerte, Harris.

El detective aceleró y Smith lo observó mientras se perdía por las curvas que había más allá del cruce. De nuevo, los ladridos resonaron en el silencio. Faltaban pocos minutos para las ocho de la mañana.

—¿Es que a alguien se le ha escapado el perro? —dijo para sí mismo mientras guardaba las vallas plegables en el maletero.

—¿No le gustan los perros?

La voz, repentina y cercana, le causó tal impresión que no pudo evitar tirar la valla al suelo y darse vuelta rápidamente. Por un momento pensó que se trataba de Harris, pero lo había visto marcharse hacía unos segundos. Cuando alzó la mirada, frente a él, había un hombre elegante, de gran talla, flanqueado por dos enormes perros; los más grandes que el oficial había visto hasta la fecha.

—Yo…

—Le he preguntado si no le gustan los perros, oficial Smith.

Tras las palabras de su amo, los perros comenzaron a rugir y a mostrar los enormes dientes. El oficial llevó su mano hasta el mango de la pistola.

—No se lo aconsejo. Moriría antes de tener oportunidad de disparar, y eso no es lo que queremos, ¿verdad?

—Aléjese ahora mismo —dijo Smith queriendo recuperar su autoridad. Sin embargo, su arma continuaba enfundada. Estaba petrificado.

—Solo quiero saber una cosa. —La voz de aquel hombre era profunda, como si emergiera desde la oscuridad de un pozo infinito de agua putrefacta—. ¿A dónde se dirigía el detective Liam Harris?

—He dicho que retroceda —insistió el oficial. Los perros reaccionaron, acorralándole contra su vehículo.

—Un simple gesto y sufrirá lo indecible, oficial. Solo quiero saber dónde va. Después me marcharé y no volverá a verme.

Smith, presa del terror, quiso resguardarse dentro del coche, abrió la puerta y entró a toda velocidad. Quiso introducir las llaves en el contacto, pero para su sorpresa, en el asiento del copiloto, sentado con una desconcertante sonrisa, estaba ese hombre. Gritó y trató de salir, pero al otro lado de la ventanilla los perros le esperaban con las fauces abiertas, golpeando el cristal con violencia y pringándolo todo con su saliva.

—Se me está acabando la paciencia, pero respeto a la ley, así que le daré una última oportunidad. ¿A dónde se dirige el detective Harris? Es muy importante para mí, así que me haría un gran favor, oficial. Vamos. Quedará entre usted y yo, se lo aseguro.

El oficial movió la cabeza de un lado a otro, lo que significó su final. El hombre le agarró por el cuello y golpeó su cabeza contra el volante, dejándolo aturdido. Después, cogió el micrófono de la radio y se lo puso junto a los labios. Entonces, Cerbero, sin dejar de sujetarle el cuello, cerró los ojos y se hizo con la voluntad del oficial. Al cabo de unos pocos segundos, este habló como si nada de aquello estuviera pasando.

—Aquí Smith, detective Harris. ¿Me recibe? Cambio.

—Aquí Harris, ¿qué sucede, oficial? Cambio.

—He estado dándole vueltas a lo que me ha comentado. He pensado que no le vendría mal algo de ayuda, ya sabe, es mejor ser precavido. ¿A dónde se dirige exactamente? Cambio.

—Supongo que tiene razón. Me dirijo a Ossining, a la residencia de Ethan Right. Es el número dieciséis de Pine Street. Imposible perderse. Le esperaré en la puerta. Cambio.

Pero el oficial no iba a pronunciar ni una sola palabra más. En cuanto Cerbero obtuvo lo que estaba buscando, retiró el influjo de su cuerpo y Smith sufrió un infarto fulminante que lo dejó con la cabeza apoyada sobre el volante, otorgando la presión necesaria para que sonara el claxon.

Cerbero sonrió antes de encaminarse hacia la casa de Ethan Right, dejando atrás el cuerpo sin vida del oficial y aquel incisivo sonido que rompía el silencio de la mañana.

CAPÍTULO 25

El plan inicial de Camille no había tenido éxito. Ella y Abigail se habían situado bajo una ventana, desde donde podían distinguir las siluetas del detective y de Ethan Right, pero apenas podían discernir unas palabras de otras. A sus oídos no les llegaba más que un murmullo sordo y del que no podían extraer información alguna.

—Esto es inútil —dijo Abigail. A Camille no le gustó la severidad de la joven, pero sabía que tenía razón. Estaban perdiendo el tiempo.

—No nos queda más remedio que entrar. No podemos arriesgarnos tampoco a que lo arresten, ya que entonces será imposible tener un encuentro con él.

Abigail asintió con preocupación. En parte se sentía muy incómoda con la idea de ponerse frente al hombre que acabó con su vida. No era rabia ni frustración, el origen de aquel sentimiento emanaba de su alma y no era capaz de nombrarlo de manera correcta: era mucho más intenso que todo lo que había experimentado hasta ese momento.

—¿Qué tengo que hacer yo? —preguntó Abigail.

Camille la miró con ternura.

—Con que mantengas la calma me conformo. No hagas ninguna tontería, como cuando intentaste salvar a las almas de la iglesia, ¿de acuerdo? De esto depende que consigas cruzar el río. Habla solo si es necesario, de lo contrario, boca cerrada.

—Descuida, he aprendido la lección. Pero si ese hombre es mi asesino, ¿cómo se acabará esto?

—Tu alma sabrá lo que hacer. Ella tiene que convencerse de que realmente ha llegado el final.

Abigail asintió con solemnidad.

—¿Estás preparada?

—Creo que sí.

—Bien. En ese caso, no perdamos más tiempo.

—Pero ese detective sigue ahí dentro, ¿qué piensas hacer? —preguntó Abigail.

Camille se acarició el mentón. Sus ojos azules repasaron el lugar como si buscaran la manera idónea de entrar.

—Va a ser complicado —dijo mientras comenzó a caminar hacia la puerta—. Creo que lo mejor es que me haga pasar por una detective privada. Nuestra presencia desconcertará tanto al detective como a Ethan, pero no tenemos opción. No se me ocurre otra cosa. Confiemos en no romper muchos los esquemas del detective.

Así, las dos mujeres caminaron hacia la puerta y se situaron frente a ella.

—Mantén la calma, ¿de acuerdo? —dijo Camille.

—Lo haré —respondió Abigail.

—Confía en mí y todo saldrá bien.

Y sin esperar ni un segundo más, Camille llamó a la puerta.

CAPÍTULO 26

Ethan se giró repentinamente cuando escuchó los tímidos golpes sobre la puerta de su casa. Harris también se sorprendió, aunque pensó en un primer momento que se trataba del oficial Smith. «Vienen los refuerzos». Justo lo que necesitaba en aquel momento. La conversación estaba en un punto muerto, ya que Ethan había jugado bien sus cartas, aprovechándose de la prudencia del detective, debido a la falta de evidencias claras.

—Tiene visita —dijo Harris. Ethan clavó sus ojos en él y asintió.

—Sí, eso parece —contestó sin moverse ni un ápice. Aquello le olía a encerrona.

—¿No piensa abrir la puerta?

El detective estaba disfrutando del momento. El oficial llegaba en el momento idóneo.

—Sí, claro. Una mañana agitada, sin duda —dijo Ethan. Y desde luego lo era. La visita del detective no le había gustado en absoluto, pero más preocupación le ocasionaba que volvieran a llamar a su puerta. Ethan era un hombre solitario, que no solía recibir más visitas que las del cartero que le llevaba las facturas y los folletos publicitarios. Tenía amigos, por supuesto, pero no solían buscarlo a las ocho de la mañana.

Caminó hacia la puerta y vio por la mirilla a una mujer y un hombre de unos cincuenta años. No sabía cuáles eran sus intenciones, pero, desde luego, no tenían aspecto de agentes de policía. Abrió la puerta y asomó ligeramente la cabeza.

—¿Qué desean? —dijo abruptamente dispuesto a no dejarles pasar. Ya estaba arrepentido por tener al detective sentado en su salón.

Abigail, cuyo ente había tomado la forma de un hombre común de cincuenta años, sintió como su corazón —o lo que fuese— comenzaba a latir a toda velocidad. ¿Estaría ella frente al hombre que la asesinó?

—¿Ethan Right? —preguntó Camille. Tenía que imponerse desde el primer momento si quería obtener respuestas.

—¿Quién lo pregunta?

Abigail dio un paso atrás de Camille.

—Sarah Highway, investigadora privada.

Al decir esto, mostró de manera fugaz una cartera, como si ahí estuviera su identificación.

En ese momento, tras Ethan, surgió la figura del detective Harris. Por la expresión de su rostro, Camille advirtió que había escuchado la escueta conversación y no le había gustado en absoluto. Lo último que esperaba era una pareja de policías aficionados merodeando por el lugar.

—Maldita sea. ¿Es que hay una señal en mi puerta o algo por el estilo? ¿Y este quién es? ¿Su chófer?

Camille observó de reojo a Abigail y le hizo un gesto para que guardara silencio. A la joven todavía le resultaba extraño que la imagen con la que la veían fuera otra distinta a quien realmente era.

—Es mi ayudante, pero eso a usted no le importa.

Harris intervino mostrando su placa y queriendo dejar claro

que él era la verdadera autoridad. Camille y Abigail continuaban al otro lado de la puerta.

—¿Qué se supone que hace aquí, detective Highway? —preguntó con cierta soberbia. Ethan, cada vez más incómodo, dio varios pasos hacia atrás. Camille, en cambio, supo que había llegado el momento decisivo; había que apostarlo todo.

—Me han contratado para investigar un asesinato, detective. La víctima es una mujer joven, Abigail Thompson, ¿sabe a quién me refiero?

El detective miró a Ethan.

—Es posible, pero no pienso hablar con nadie de un caso abierto y mucho menos sin que antes me haya mostrado su identificación. La de su amigo también. No sé quién les habrá contratado, pero, desde luego, está tirando el dinero —dijo Harris, al que no le gustó nada que aquella pareja hubiera llegado a la misma conclusión que él.

Abigail miró a Camille con desesperación. No sabía cómo conseguiría sacarlas de aquella situación. Sin embargo, ocurrió algo, un hecho que iba a trastocar todo lo que ocurrió a continuación. A cierta distancia, en ese punto que no se reconoce ni como cerca ni como lejos, sonaron varios ladridos. Camille y Abigail se estremecieron y al instante miraron a su alrededor, intrigadas por descubrir de dónde provenían. Por su parte, el detective Harris experimentó una sensación extraña. De alguna manera su cabeza relacionó esos ladridos con los que escuchó cuando se encontró con el oficial Smith. Sabía que era una idea absurda, pero, al mismo tiempo, resultaba desconcertante y certera. Eran ladridos de perros grandes.

Pero fue Ethan quien aprovechó esos segundos en los que parecía que los detectives estaban más interesados en lo que ocurría en el exterior. Estaba acorralado y sabía que todo aquello no terminaría bien para él. La única opción que le quedaba era huir. Sin pensarlo, se giró y corrió a toda velocidad hacia la ventana donde estaban las cortinas que había corrido para iluminar el salón.

—¡Alto! ¡Ethan! —gritó Harris mientras iba tras él.

Como era de esperar, Ethan no obedeció y se arrojó por la ventana, atravesando el cristal, que se hizo pedazos, y cayendo sobre el césped. Abigail y Camille, movidas por la inercia de los hechos, entraron en la casa, deteniéndose cuando el detective llegó a la ventana y se asomó.

—¡Esto es una estupidez, Ethan! —gritó de nuevo en un desesperado intento de ahorrarse una persecución, algo que no pasaba por la cabeza de Ethan, que corría a todo lo que le daban sus piernas.

—¡No puede escapar! —gritó Camille. Si la huida de Ethan complicaba la situación, el que Cerbero estuviera cerca lo convertía todo en una pesadilla.

En ese momento, Harris se dio la vuelta y la encaró.

—Mire lo que ha provocado por jugar a los detectives. Considérese arrestada si ese hombre se escapa. ¡No se mueva de aquí y no se le ocurra tocar nada!

Después se dirigió a la puerta, la cual había quedado entornada, ocultando el otro lado. Pero cuando la abrió, se encontró cara a cara con un hombre: Cerbero. El detective se detuvo en seco, observando sus facciones atemporales y sus ojos crepitantes. Tardó tan solo unos pocos segundos en perder el conocimiento, totalmente superado por el miedo y la ausencia de razón en lo que veía. La paciencia de Cerbero de tratar con los vivos estaba llegando a su fin.

Camille, de manera automática, dio un paso al frente y se situó delante de Abigail, que temblaba como una niña.

—*Eres escurridiza, Camille* —dijo Cerbero. Tras él, los dos perros se mostraban violentos y rabiosos, deseando saltar sobre las dos mujeres—. *Pero esta vez no pienso dejarla escapar.*

—Ve tras él, Abigail —susurró Camille. La joven no

comprendió bien lo que había querido decir. La imagen de Cerbero le producía escalofríos.

—Pero…

—Ve tras Ethan, Abigail. Cerbero es cosa mía.

—*Esto es ridículo, Camille. ¡Entrégamela ya!*

—¡Vete! —gritó Camille.

Abigail, haciendo un gran esfuerzo por superar el terror que la invadía, corrió hacia la ventana y saltó de la misma manera que lo había hecho Ethan segundos antes. Para más ventaja, Camille causó un destello que provocó que Cerbero tuviera que cerrar los ojos por espacio de unos segundos. Sin embargo, no parecía importarle mucho. La sonrisa continuaba en sus labios cuando los perros salieron corriendo tras la joven. Esta vez, Abigail no se escaparía bajo ningún concepto.

—*Al igual que yo, sabes que la alcanzarán y la traerán aquí entre sus dientes. ¿Para qué todo este sufrimiento? Tu testarudez está provocando que tengamos que influir demasiado en el Mundo de los Vivos.*

—*Admiro tus palabras, pero no te la vas a llevar bajo ningún concepto. Hemos encontrado a su asesino. Pronto su alma descubrirá la verdad y regresará al Umbral para cruzar el río* —dijo Camille mientras encaraba de nuevo a Cerbero y se situaba en el centro del pasillo. Tenía que retenerlo en la casa y confiar en que Abigail corriera lo suficiente para mantenerse a salvo de los perros, al menos hasta que ella pudiera ir en su ayuda. No era un plan perfecto, pero no podía hacer otra cosa.

—*Si no fuera por el frasco de hydor, esa desgraciada ya sería mía* —dijo Cerbero dando varios pasos hacia delante, aunque sin intención alguna de avanzar, sino de medir la situación. Ambos sabían bien lo que se jugaban.

—*Fue error tuyo* —dijo Camille.

Arqueó los labios en una sonrisa tensa. Observó el cuerpo del detective Harris, que yacía en el suelo.

—*El hombrecito está vivo, si es lo que te preocupa. Los vivos son hasta más tozudos que tú y no acceden a ayudar si no sacan un beneficio de ello. ¡Despreciables seres!* —dijo Cerbero. Camille asintió, sin embargo, sus pensamientos iban en otra dirección. Entre las solapas del abrigo del detective pudo vislumbrar el brillo de la carcasa metálica de la pistola. Después de todo, la situación entre ella y Cerbero se tenía que solucionar siguiendo las normas que regían el Mundo de los Vivos: uno de los dos tenía que «morir».

CAPÍTULO 27

ETHAN CORRIÓ con todas sus fuerzas durante unos doscientos metros antes de mirar hacia atrás por primera vez. Para su sorpresa, el detective no le seguía, ni tampoco esa mujer que había aparecido en su casa. No. Quien iba tras sus pasos era el hombre que acompañaba a la investigadora privada, aunque le sacaba una buena distancia.

En el fondo, poco le importaba. Solo tenía que huir lo antes posible si no quería acabar entre rejas. Para ello tenía que llegar hasta su coche, que se encontraba en Lewis's Garage, un lavadero situado en su misma calle. El problema era, precisamente, que estaba demasiado cerca, por lo que tenía que despistar a sus perseguidores dando un rodeo a la manzana. Después podría huir a Pensilvania o a los infinitos bosques de Vermont. Allí podría ganar tiempo para pensar en rehacer su vida de alguna manera. Buscaría trabajo y comenzaría de cero.

De repente, unos ladridos, también a sus espaldas, le sorprendieron: era una mala señal. Aquello solo podía significar que habían llegado los refuerzos de la policía. Miró hacia atrás de nuevo y observó como, efectivamente, dos perros le seguían. O más bien, parecían seguir al hombre que iba tras él, aunque fue una mirada tan fugaz que no pudo cerciorarse. Además, tampoco entendía el motivo por el cual el detective no fuera tras él y sí el ayudante de esa mujer, que no parecía estar en muy buena forma.

Ethan avanzaba en ese momento en dirección norte, atravesando los amplios jardines que colindaban con gran parte de las residencias de la zona. No era un deportista nato y, desde luego, no era ningún jovencito, pero sí sabía gestionar aquel subidón de adrenalina que había experimentado tantas veces en su vida para sacar lo mejor de sí mismo. Pronto llegaría a un área vallada donde tenía pensado deshacerse de una vez de sus perseguidores antes de regresar a por su vehículo y huir definitivamente. No estaba todo perdido.

CAPÍTULO 28

ABIGAIL APENAS HABÍA REBASADO la casa cuando escuchó los ladridos de los perros de Cerbero. Segundos después, al centrarse en la figura de Ethan, escuchó a sus espaldas el rugido ahogado de esas bestias y el sonido de sus patas retumbar contra el suelo. Casi podía sentir su aliento y sus dentelladas huecas en el aire. Era consciente de que en aquella ocasión Camille no podría socorrerla.

No obstante, los perros eran de un tamaño tan considerable que resultaban pesados y no especialmente ágiles. Sin embargo, en aquellos extensos jardines la alcanzarían tarde o temprano. Para librarse de ellos necesitaba giros cerrados, esquinas, obstáculos que sortear y con los cuales poder ganar distancia. Y si era posible, algún tipo de milagro que los alejara de sus espaldas. Se acordó del gato y lo bien que le vendría en aquel momento.

En cuanto a Ethan, sabía que tenía nulas probabilidades de echarle el guante: corría más y, sobre todo, no lo perseguían unos fantasmagóricos perros del inframundo. Lo único que podía hacer en ese momento era seguirle y confiar en no perderle el rastro. Era consciente de que no tendría muchas más oportunidades para poner fin a todo aquello; solo tenía que ir tras él todo el tiempo que pudiera y mantenerse lo más lejos posible de los perros.

El rugido de uno de los canes interrumpió sus pensamientos. Se acordó entonces del frasco de hydor, pero no podía sacarlo de sus pantalones sin bajar el ritmo, por lo que esa opción quedaba descartada. Además, tampoco sabía bien cómo utilizarlo. Podía serle útil si Camille aparecía junto a ella, pero esta tenía que verse las caras con Cerbero. De un momento a otro, lo que parecía el final se había convertido en una auténtica pesadilla.

Descartada la posibilidad de enfrentarse a los perros, se centró en correr a la máxima velocidad que le permitieran sus piernas y en Ethan, que se estaba desviando a la derecha, concretamente hacia una zona vallada. Tal vez tenía una opción, no de alcanzar a Ethan, sino de salvarse. Solo tenía que saltar esas vallas sin perder un ápice de velocidad y resistir el tiempo suficiente para que Camille viniera en su ayuda.

CAPÍTULO 29

CERBERO Y CAMILLE se observaban en tensión. Estaban abocados a enfrentarse una vez más, pero ambos sabían que en esta ocasión habría un vencedor definitivo. Uno de los dos regresaría derrotado al Umbral de los Muertos y el otro tendría el alma de Abigail en sus manos. No habría otro asalto. Todo se solucionaría en cuestión de minutos.

Cerbero sonreía mientras en sus ojos comenzaba a relucir una tenue luz rojiza. Sus dientes, blancos y relucientes, contrastaban con la oscuridad que se iba adueñando de su rostro. Camille, en cambio, se mostraba tensa y concentrada.

—*El alma de la joven me pertenecerá. No puedes enfrentarte al Reino Oscuro.*

Camille asintió. El poder de Cerbero se había incrementado gracias a sus esbirros, por lo que tenía que ser muy cuidadosa. Tenía que estudiar bien la situación para no cometer ningún error. Poco le importaba lo que dijera Cerbero.

—*No es la primera vez que nos encontramos en esta situación. Ya nos conocemos.*

Estas palabras causaron la ira de Cerbero, que de inmediato se abalanzó sobre Camille con un brutal impulso. Sin embargo, ella estaba atenta y pudo esquivarlo por poco. La estructura de la casa se estremeció y de las juntas de madera cayeron hilillos de polvo que trazaron los rayos de sol que entraban por la ventana.

—*Esta vez no tendrás opción.*

Dicho esto, Cerbero se giró rápidamente y repitió aquel movimiento. Pero una vez más, Camille consiguió librarse de él desplazándose hacia un lado. Ella sabía que el que hubiera amanecido jugaba a su favor: Cerbero no podía contar con los esbirros, así como tampoco podía utilizarlos para hacer un uso desbocado de su poder. Además, el hecho de que el enfrentamiento tuviera lugar a plena luz del día conllevaba que no podían hacer un uso incontrolado de sus poderes, ya que eso llamaría la atención de cualquiera que pasara por allí. Casualmente, eso favorecía a Camille.

Ella afinó la mirada, concentrada en los movimientos de su enemigo. Sus ojos azules se iluminaron en la escasa claridad de la casa de Ethan. Ambos pertenecían a otro mundo, al Umbral de los Muertos, por ello, aunque pudieran disponer de poderes extraordinarios, sus cuerpos se regían al mundo en el que se encontraban. Lo que significaba que, si eran heridos de muerte, regresarían al Umbral sin que pudieran hacer nada por evitarlo. Los dos, en el salón, cada uno en un extremo, daban pequeños pasos como si se tratasen de dos vaqueros en el salvaje Oeste.

—*¿Es que se te han acabado los trucos?* —preguntó Cerbero, que desconfiaba de la aparente inacción de Camille. Esta solo pensaba en la manera de alcanzar la pistola.

—*Hay que saber medir fuerzas.*

Cerbero sonrió e hizo el amago de abalanzarse de nuevo sobre ella, aunque se detuvo en el último minuto. No obstante, Camille se dio cuenta demasiado tarde, y cuando quiso rectificar, Cerbero había reiniciado su ataque esta vez en la dirección adecuada. El impacto que recibió Camille fue tan duro que voló hasta estrellarse con la pared y caer al suelo, semiinconsciente. Había recibido un violento golpe en la cabeza.

—*Me infravaloras, Camille. Piensas que vas a poder engañarme y hacer que el alma de esa joven cruce el río, pero te equivocas.*

Camille escuchaba la voz de Cerbero, aunque tenía la sensación de que le hablaba a kilómetros de distancia. Todo era confuso. Ni siquiera recordaba en qué punto de la casa se encontraba. Intentó incorporarse, pero los brazos le temblaban debido a sus escasas fuerzas.

—*Abigail va a cruzar el río* —susurró. Cerbero le respondió con una carcajada mientras se acercaba a la ventana por la que habían saltado Ethan y Abigail.

—*¿Oyes eso? Mis perros ya no ladran. En estos momentos estarán deleitándose con ella, y después lo harán contigo para hacerte regresar.*

Pero Camille no estaba dispuesta a rendirse. Se incorporó rápidamente e intentó cegar a Cerbero con un intenso destello de luz, aunque el resultado fue bien diferente. Cerbero adivinó su intención y la golpeó de nuevo nada más levantarse. Camille cayó al suelo totalmente aturdida y cubierta de polvo.

—*Si lo intentas otra vez, yo mismo te enviaré de vuelta al Umbral. Pórtate bien y te dejaré ser testigo de cómo me llevo a la joven conmigo.*

CAPÍTULO 30

Apenas unos minutos antes de que Cerbero recalcara el silencio de sus bestias, Abigail aún huía de ellos. Ethan encabezaba aquella particular carrera por los jardines de Ossining. Las primeras vallas que iban a encontrarse cercaban todos los jardines que había al otro lado de la carretera.

Abigail era consciente de que su única oportunidad era llegar allí y despistar a los perros entre salto y salto, pero apenas le quedaban fuerzas. Poco a poco el fracaso la invadía y añadía peso a sus pies. Hasta ella misma comenzaba a preguntarse qué sentido tenía todo aquello si nada iba a salir según lo planeado: su posible asesino se estaba escapando y los perros de Cerbero estaban a pocos centímetros de disfrutar de un festín en el que ella sería el principal y único plato.

Uno de los perros, corriendo casi a la misma altura que Abigail, lanzó un mordisco que enganchó la parte baja de su pantalón. Sin embargo, el movimiento del perro había sido tan brusco que este tropezó después y cayó sobre el lomo, dando un par de vueltas de campana y causando que su compañero tuviera que echar el freno para evitar arrollarlo. Abigail aprovechó la situación para mirar hacia atrás: había ganado unos cuantos metros de distancia. Además, los canes, aunque retomaban la carrera, llevaban la lengua fuera y jadeaban. Esto dio ánimos a Abigail. «Puedo salvarme, puedo cruzar el río», pensaba.

Mientras tanto, Ethan llegaba a la primera línea de las vallas y las saltaba con suma facilidad. Se trataba de construcciones de madera que se alzaban poco más de metro y medio sobre el suelo. Estas parcelaban cada jardín, cada propiedad, haciendo de aquella zona de Ossining una especie de tablero de ajedrez. Desde un lado de la valla no podía verse el otro, lo que las hacía perfectas para huir o caer en una trampa. Esta disposición se extendía un par de kilómetros cuadrados.

Así, cuando Ethan saltó la primera valla, en vez de continuar su huida en línea recta, giró a la izquierda y salvó la valla que se situaba en esa dirección. Abigail saltó la primera valla, pero, a diferencia de Ethan, optó por continuar en línea recta. Por último, los perros hicieron uso del olfato. Pero en vez de seguir ambos a Abigail, se separaron. Así, perseguidos y perseguidores se disgregaron por aquel rompecabezas de vallas blancas, ropa tendida y césped descuidado.

—Maldita sea —dijo Abigail cuando comprendió por qué Ethan se había dirigido a esa zona—. Esto es un laberinto.

El esfuerzo de saltar por encima de aquellas barreras de madera había dejado a Abigail al borde del colapso, por lo que cada vez necesitaba más tiempo para recuperar el aliento.

—¡Eh! ¿Qué hace en mi jardín? —gritó un hombre en bata desde la puerta de la casa—. Voy a llamar a la policía.

Abigail lo miró con desdén y continuó su camino aun cuando sus piernas eran como dos pesados troncos, saltando la valla que daba al jardín colindante, donde se escucharon de nuevo gritos y reproches. Era temprano, pero muchos desayunaban antes de marcharse a trabajar y lo último que querían ver era a extraños cruzando su jardín como locos.

El primer vecino que reprendió a la joven —para él, un

adolescente—, con pose indignada, dio varios pasos hacia delante hasta que fue testigo de cómo unos de los perros de Cerbero saltaba la valla, llevándose parte de ella bajo las gruesas patas. El animal, cada vez más cansado y furioso, se acercó a él rugiendo y mostrando sus dientes. El hombre se quedó inmóvil, aterrado. El perro lo olfateó antes de girarse y tomar el mismo camino que había seguido Abigail. En cuanto al vecino, se desmayó a los pocos segundos.

Minutos después, la joven estaba exhausta. A la fatiga de las piernas se sumaba la de los brazos, fruto del esfuerzo realizado al saltar cada una de las vallas. Por ello, cuando intentó rebasar una más, no consiguió más que caer al otro lado de manera torpe. Trató de levantarse, pero era inútil y solo consiguió gatear un par de metros antes de que los perros de Cerbero aparecieran frente a ella.

—Es el final.

CAPÍTULO 31

Camille se pasó la mano por el rostro. Tenía los labios cubiertos de sangre. Era una sensación que siempre le resultaba extraña, pero que le hacía comprender la excesiva vulnerabilidad de los vivos, a los que consideraba que avanzaban siempre al borde de un precipicio sujetos por un fino hilo.

Miró a Cerbero, el cual permanecía junto a la ventana, contemplando el horizonte de casas que había más allá del extenso y descuidado jardín. Le daba la espalda, tal era su confianza que creía que ya la había derrotado. Sin embargo, Camille lo consideró como una ventaja. En ese momento, giró la cabeza y miró a través del pasillo. A los pies de la puerta de la casa permanecía el cuerpo inconsciente del detective Harris. Camille sonrió levemente al distinguir el brillo metálico de la pistola. «Sigue ahí». Disparar a Cerbero era la única opción que tenía para enviarlo de vuelta al Umbral de los Muertos. En un enfrentamiento directo, Camille tenía todas las de perder.

—*Tengo que confesar una cosa, Camille. Ese pobre desgraciado es el hombre que estabas buscando. Lo sabes, ¿verdad?* —dijo Cerbero—. *Has estado muy cerca.*

—*Por eso estás aquí. También lo averiguaste. Deberíamos trabajar juntos* —dijo ella con cierta ironía.

—*Considera mis palabras como un elogio, pero sabía que tarde o temprano encontrarías la manera de saber quién acabó con la joven. Por lo tanto, tenía más sentido esperar a que tú misma me la pusieras en bandeja. ¿No te parece? Darle el frasco de hydor fue muy buena jugada por tu parte.*

Camille asintió como si esas palabras le estuvieran afectando, aunque lo único que estaba haciendo era planear de la mejor manera su movimiento. Tenía que hacerse con la pistola y acabar de una vez con Cerbero.

—*Es difícil engañarte* —dijo Camille con tono de derrota.

—*Espero que te sirva para la próxima vez…*

Cerbero continuó hablando, despotricando y ridiculizando las intenciones de Camille. Sin embargo, esta aprovechó para incorporarse lo necesario para poder doblar las piernas y conseguir el impulso necesario para encarar el pasillo sin que Cerbero pudiera alcanzarla. Era arriesgado, pero no tenía otra opción.

—*Yo también lucho contra el mal, Camille. Ni mucho menos soy un abanderado de lo pérfido y putrefacto. En mis dominios albergo a los seres más despreciables, almas tan oscuras que entristecerían la luz del mismísimo sol. ¿Crees que me resulta agradable?*

—*Abigail no es una de ellas* —dijo Camille. Miró otra vez hacia la pistola. Confiaba en que estuviera cargada, aunque eso no dependía de ella. Tensó las piernas y decidió esperar a que Cerbero volviera a hablar para salir corriendo. Atenta, lo observó expectante para aprovechar su oportunidad.

Así, en cuanto Cerbero retomó su penoso discurso, Camille se incorporó de un salto en dirección al pasillo. Pero apenas pudo dar un par de pasos antes de volver a caer al suelo. Aturdida, no sabía lo que había ocurrido. Tan solo había sentido un fuerte golpe en sus piernas, como si algo se hubiera puesto en su camino de manera repentina.

—*Eres obstinada, Camille. Incluso cuando ya lo has perdido todo. Tienes que aprender cuando la insistencia se convierte en absurdidad y, finalmente, en una pérdida de tiempo.*

—*Tenía que intentarlo...* —susurró ella mientras trataba de levantarse nuevamente. Con un movimiento ágil y preciso, Cerbero le había arrojado el trozo del marco de la ventana que le había hecho tropezar. Él sabía que Camille intentaría cualquier cosa antes que rendirse, pero estaba convencido de que sus opciones se reducían a lo mínimo.

Camille advirtió lo que había ocurrido. El trozo de madera que le había impactado en las piernas estaba junto a ella, al alcance de su mano. Con cautela extendió sus dedos hasta la madera y la sujetó con fuerza. Mientras tanto, Cerbero había vuelto a concentrar su atención en la ventana. Era su última oportunidad para conseguirlo. Solo tenía que llamar su atención, conseguir que Cerbero se girara y arrojarle el trozo con todas sus fuerzas. Después sería el momento de ir a por la pistola del detective Harris y poner fin a todo aquello. No era el mejor plan del mundo, pero Camille era consciente de que no podía permitirse el lujo de hacer otra cosa. Tan solo le quedaba confiar en que no se adelantara a sus planes de la misma manera que lo hizo antes.

—*Ha llegado el momento de acabar con esto* —dijo Camille. Cerbero hizo el amago de girarse, pero al final se mantuvo en su sitio.

—*En eso estoy de acuerdo contigo, Camille. Es la hora de poner fin a todo esto.*

—*¿Y qué estás esperando?*

Cerbero interpretó las palabras de Camille como un reto y se giró bruscamente. Fue entonces cuando ella aprovechó la oportunidad.

El impacto de la madera sobre su rostro le pilló por sorpresa. Camille lo tiró con todas sus fuerzas, confiando en que su puntería hiciera el resto, como así ocurrió. Cerbero, que creía que

Camille ya no tenía nada que hacer, no tuvo oportunidad para esquivarlo, cayendo sobre la ventana por la impresión y faltando muy poco para que fuera al suelo. Fue en ese momento cuando Camille supo que debía de ir a por la pistola. Se incorporó y corrió hacia el cuerpo del detective. Cogió el arma —al que el detective Harris quitó el seguro poco antes de perder el conocimiento— y, por inercia, se lanzó hacia el otro lado, a la entrada de la cocina: Cerbero le había lanzado una de las sillas del salón, que se hizo pedazos al estrellarse contra la pared.

—*¡Esto no se acaba aquí!* —gritó Cerbero, que rápidamente buscaba la manera de salir de la casa para protegerse de Camille. Las tornas habían cambiado drásticamente. Para él, lo más importante era evitar que le hirieran de tal manera que no le quedara más remedio que regresar al Umbral de los Muertos.

—*Yo creo que sí.*

Camille apretó el gatillo y varias balas impactaron en el cuerpo de Cerbero, que no expresó dolor alguno. Los agujeros de sus heridas se transformaron en agujeros que atravesaban su cuerpo por completo y se agrandaban poco a poco. Cayó de rodillas y miró con odio a Camille mientras su cuerpo desaparecía alrededor de los impactos, en un vacío que se propagaba de la misma manera que se consume un papel en llamas.

Pasados unos segundos, no quedó absolutamente nada de Cerbero.

CAPÍTULO 32

ABIGAIL, rendida ya a su destino, agachó el rostro y se entregó a lo que esas bestias quisieran hacer con ella. Cerró los ojos y pensó una vez más en que todo no era más que una pesadilla y que, justo cuando los perros se abalanzaran sobre ella, despertaría en el silencio de su dormitorio. Quizás tenía fiebre y todo eso no eran más que desvaríos. Se aferraba a cualquier atisbo de esperanza.

Así, con los ojos cerrados, esperó a que todo acabara. Sin embargo, pasados unos segundos, consideró que había transcurrido demasiado tiempo. Los canes no estaban tan lejos de ella como para que tardaran tanto. Asustada, abrió los ojos. Los perros de Cerbero estaban frente a ella, a poco más de un metro, rugiendo y ladrando, aunque inmóviles.

Abigail no comprendía lo que estaba ocurriendo. Rápidamente, como si se hubiera dado cuenta de que todavía tenía alguna posibilidad, sacó el frasco de hydor del bolsillo y lo alzó para mostrárselo a las bestias. No obstante, tenían otra preocupación. Al lado de la joven, tranquilamente sentado, estaba el gato que ya había salvado antes a Abigail, tanto en la estación del metro como en la comisaría. En cuanto la joven lo vio, lo cogió entre sus brazos y lo abrazó con todas sus fuerzas.

Los perros ladraron con furia, pero no se atrevían a dar el siguiente paso sin su amo. Abigail no sabía qué hacer, aunque no tuvo que esperar mucho. De repente, los perros comenzaron a aullar como si fueran presa de un gran pánico, retrocediendo incluso, buscando desesperadamente auxilio con la mirada. Ella pensó que el gato estaba desplegando su poder sobre ellos, pero el felino estaba totalmente relajado y ni siquiera prestaba atención a los perros. Entonces, con la simpleza de una suave brisa, los perros de Cerbero desaparecieron en el verdor del jardín como si jamás hubiesen existido.

Abigail miró a un lado y otro creyendo que se trataba de algún truco de Cerbero, pero la tranquilidad del gato le hacía pensar que quizás Camille había conseguido vencerle de algún modo. Aun así, tuvo poco tiempo para meditar.

De manera fugaz, Ethan saltó la valla que había frente a ella al otro lado del jardín. Estaba tan alterado por la huida que no advirtió la presencia de Abigail —del ente— hasta que se halló en el centro del jardín, a unos pocos metros de ella.

—¡Joder! —exclamó Ethan, que estaba desconcertado por la presencia de los perros y el hombre que la seguía, que en ese momento se encontraba sentado en el suelo con un gato en los brazos.

—¡Eh! —gritó Abigail. Después de enfrentarse a los perros, aquel hombre le transmitía una sensación nula de peligro. Su destino, por complicado y enigmático que fuera, dependía de atrapar a Ethan Right.

Este, desesperado, giró sobre sí mismo y rebasó la valla por la que había saltado al jardín. Desconocía que los perros se habían desvanecido sin más —hecho que lo hubiera trastornado— y creía que todavía estaban por alguna parte. Según su razonamiento, los animales pertenecían a la policía e iban tras él, por lo que la sensación de angustia persistía y le obligaba a tomar decisiones a más velocidad de la que realmente necesitaba. Lo del gato no lo comprendía, pero no iba a emplear ni un segundo en averiguarlo. Tenía que huir ya.

—Vamos a pillar al asesino —dijo Abigail al felino, que saltó de sus brazos dispuesto a perseguir a ese hombre.

Saltaron la valla y observaron como Ethan lo hacía en la siguiente. Sin embargo, ya no lo hacía con la misma agilidad de antes. Abigail tampoco estaba mucho mejor, pero esto le dio ánimos. Sin los perros persiguiéndole, pudo pensar con más claridad y comprender lo que estaba ocurriendo. Por alguna razón, Ethan había huido primero en dirección norte, hasta la zona vallada, para después girar y encaminarse de nuevo hacia su casa. No sabía por qué, pero supuso que tendría sus razones.

Por fortuna, la velocidad y la agilidad del gato superaban a Ethan de forma clara y el felino se acercó rápido a él. Ethan no daba crédito a lo que estaba ocurriendo; simplemente no podía creer que un gato estuviera persiguiéndole.

—No desistas, Abigail.

Escuchó en el interior de su cabeza. Sin embargo, la voz no pertenecía a Camille. Intuyó que debía haber sido el gato el que se había comunicado con ella. Aunque quién había sido era lo de menos. Esas palabras fueron un influjo de fuerzas que le permitieron ganar velocidad.

—No, claro que no. Voy a conseguirlo.

CAPÍTULO 33

Camille guardó la pistola en su bolsillo y dio varios pasos hacia atrás hasta apoyarse contra la pared. Estaba exhausta, pero no era el momento de descansar. Tenía que ir en busca de Abigail, ya que no sabía si había conseguido mantener a raya a los perros o si había podido seguir la pista de Ethan. Dos tareas nada fáciles que, por causas del destino, le tocaron afrontar en soledad.

Sacudió un poco el polvo y la suciedad que manchaban su ropa y se puso en camino. Salió por la misma ventana por la que había salido Ethan minutos antes y miró a su alrededor. Percibía el frasco de hydor muy cerca de allí, lo que valoraba como una señal confusa que no le decía si Abigail se encontraba bien.

Atravesó el jardín al trote y con la cabeza levantada, pensando a dónde dirigirse. La influencia del frasco estaba cada vez más próxima y el ansia por saber de Camille aumentaba.

—Seguro que Ethan se ha escapado —dijo Camille no por desconfianza respecto a Abigail, sino por pura lógica. Perseguir a Ethan con los perros de Cerbero a las espaldas no debía ser nada fácil.

Avanzó hasta llegar a poca distancia de las primeras vallas. Percibía que Abigail se encontraba en algún punto al otro lado de las maderas, pero no estaba segura de por dónde empezar. Desde donde se encontraba no podía ver al otro lado y eso le impedía tomar una decisión sobre el camino a escoger. Sin embargo, no estuvo mucho tiempo rumiando sus dudas.

A su derecha, como a unos veinte metros, apareció Ethan, cuya cabeza sobresalió por la parte superior de la valla. Su expresión se transformó en cuanto se percató de la presencia de la detective.

—¡Ethan! Solo quiero hablar contigo —gritó Camille. No obstante, él torció el gesto y se dejó caer—. ¡Maldita sea!

Entonces Camille corrió tras él de manera paralela, ya que Ethan se había quedado al otro lado de la valla. Sin embargo, llevaba toda la ventaja y podría escaparse con facilidad. Camille pensó que Ethan no saltaría la valla y huiría por el lado en que también estaba Abigail.

—¡Ethan! —insistió.

—¿Camille? —dijeron repente al otro lado de la valla.

—¿Abigail? ¿Estás bien?

—Sí, sí. Estoy bien. Los perros han desaparecido, no sé qué les ha pasado. ¿Tú estás bien?

—Perfectamente —contestó Camille—. Estamos muy cerca. Solo tenemos que mantener una conversación con Ethan.

—Ha intentado saltar la valla, pero se ha arrepentido. Lo estoy viendo ahora mismo. El gato está aquí también. Está muy cerca de Ethan —dijo Abigail.

—Aun así, no lo pierdas de vista. Vamos tras él. Estoy contigo.

Así, cada una por un lado de la valla, se dispusieron a ir tras Ethan. Pero la única intención de este era montar en su coche y alejarse de allí lo más rápido posible, aunque para eso necesitaba llegar hasta el garaje. Miró hacia atrás y comprobó como aumentaba la distancia con el gato, que —de alguna manera que no podía explicarse— parecía estar esperando al hombre de mediana edad que continuaba tras él. Por el otro lado debía estar la detective privada. Un razonamiento fugaz le hizo pensar que, a diferencia de los policías, los detectives privados no tienen permiso para utilizar su arma, y eso en el caso de que esa mujer portara una. Eso significaba que podía cruzar la valla y correr a toda velocidad, y llegado el caso, empujarla o cualquier otra cosa para quitársela de su camino. No saldría malherida ni nada por el estilo, con un rasguño como mucho. Además, eso le daría el tiempo suficiente para poder huir.

Tomada la decisión, Ethan hizo un último esfuerzo e incrementó el ritmo un par de metros antes de detenerse en seco y correr hacia la valla que tenía detrás. En dos zancadas llegó a la valla y saltó allí donde la detective lo perseguía. Un movimiento arriesgado que le salió a la perfección. Después de saltar reanudó su carrera a toda velocidad. No tuvo que chocarse con la detective, él era más veloz y Camille no tuvo tiempo de reaccionar al cambio de dirección. Tal y como lo había previsto, le sacó el espacio suficiente a la detective como para volver a tomar la velocidad necesaria y no dejarse atrapar.

—¡Salta, Abigail! —gritó Camille—. Intenta escapar por el otro lado.

El movimiento le había pillado por sorpresa a Camille, que trató en vano de corregir su dirección. Ethan corría de nuevo por delante, en dirección al garaje, donde se encontraba su coche. Su huida parecía cosa hecha, pero entonces cayó en la cuenta de algo muy importante: todavía era muy temprano y el garaje estaba cerrado. Su coche estaba aparcado frente a la puerta, pero las llaves se encontraban en el interior del establecimiento. La única posibilidad era regresar a casa y coger las llaves de repuesto, que debía tener por alguna parte. Corría el riesgo de que ese policía le estuviera esperando, pero no veía otra opción. Ni siquiera disponía del tiempo necesario para robar un coche.

—Ese cerdo estará esperando refuerzos —dijo mientras se

dirigía a su casa. Había sacado una buena distancia a la detective, pero todavía así tenía que ser rápido para evitar problemas.

Al acercarse, observó que el vehículo del detective continuaba aparcado frente a su casa, aunque lo positivo era que no había más policías por allí. Además, se fijó en que la puerta de su casa estaba abierta y que, a sus pies, había un bulto que identificó como el detective Harris. Alguien debía haberle agredido. Se acercó con precaución a la vez que aprovechaba para recuperar el aliento. La detective estaba todavía como a trescientos metros de la casa.

—Pero ¿qué ha ocurrido aquí? —se preguntó al observar los destrozos que había en el interior. Parecía que una tormenta se hubiera desatado en su salón. Pero no tenía tiempo para averiguar lo que estaba ocurriendo. Tener un policía inconsciente en su casa no era lo mejor para su situación. Era un hecho más que se sumaba a todo lo que le había ocurrido desde que el detective se presentara en su domicilio hacía ya un rato. En su situación era incapaz de encontrar explicación alguna, simplemente aceptaba lo que ocurría y procuraba salir de la mejor manera posible.

Sin embargo, puede que fuera una oportunidad. Miró de nuevo el vehículo del detective. Debía ser el suyo de uso personal, ya que la matrícula era común y no había señal alguna que indicara que pertenecía al cuerpo de Policía. Quizás tuviera un localizador u otro dispositivo por el estilo, pero no le quedaba más remedio que arriesgarse. Podía coger las llaves del bolsillo y huir en ese coche hasta que estuviera fuera de peligro. Después lo abandonaría en un lugar apartado y seguiría su camino.

—Es lo mejor que puedo hacer.

Se agachó junto al cuerpo del detective Harris y, sin perder más tiempo del necesario, comenzó a rebuscar en sus bolsillos. Debía tener las llaves en algún sitio.

—¿Dónde están? —gritó. Cada vez estaba más alterado.

No podía emplear demasiado tiempo, sobre todo después de comprobar cómo se las gastaban por allí. Era posible que esa detective fuera más peligrosa de lo que aparentaba. Pero ¿de verdad esa mujer había agredido al policía? De ser así, estaba claro que no se trataba de ninguna detective privada ni nada por el estilo. El hombre quedaba descartado como agresor, ya que había ido tras él a través de los jardines de Ossining.

Por fin, en uno de los bolsillos interiores del abrigo, sus dedos palparon un pequeño objeto metálico: había encontrado las llaves. Se incorporó rápidamente y se giró para ir corriendo hasta el coche. Sin embargo, cuando encaró la calle, de nuevo se topó con el hombre que lo había estado persiguiendo antes. En sus brazos llevaba el gato que estuvo a punto de abalanzarse sobre él. Era lo más extraño que Ethan había visto jamás. En el jardín, al otro lado, estaba la detective privada. Había subestimado el tiempo del que disponía.

—No te busques problemas, amigo —dijo Ethan dispuesto a deshacerse de ese hombre con un par de golpes, aunque en el fondo estaba aterrado—. Lo digo en serio, hoy ya he tenido suficiente. No quiero más trucos, ¿de acuerdo?

El hombre, Abigail en realidad, se agachó y puso el gato en el suelo.

—¿Mataste a Abigail Thompson? —preguntó con solemnidad.

Ethan enrojeció de cólera.

—Estoy cansado de esa desgraciada —dijo mientras se dirigía, sin saberlo, a la propia Abigail.

—¿Asesinaste a esa mujer? ¿A Abigail Thompson? ¡Contesta! —insistió. El gato, mientras tanto, había avanzado un par de metros en dirección a Ethan.

—Aparta ese bicho si no quieres que lo aplaste —gritó.

Camille observaba la escena con curiosidad. Ethan estaba a

punto de derrumbarse; Abigail estaba muy cerca de la verdad. Después observó al felino, sus movimientos sinuosos y sus ojos abiertos como platos. En solo un par de segundos, Camille supo lo que iba a ocurrir y por ello no intervino.

Entonces fue cuando el felino se alzó y dio rienda suelta a su poder.

CAPÍTULO 34

SOLO LAS ALMAS y los seres del Umbral que vagaban cerca de Ossining pudieron escuchar el bufido, el terrorífico grito que emanó de aquel diminuto ser. Aunque solo una persona lo escuchó profundamente, como un grito que hace temblar los huesos del cuerpo: Ethan Right.

Este, tal y como dijo a Abigail, estaba dispuesto a quitar al gato de su camino. Incluso hizo el gesto de darle una patada cuando el animal se detuvo y se sentó frente a él. Después, adquiriendo la pose de la bestia que se abalanza sobre su presa, el gato abrió la boca y dejó escapar aquel sonido del inframundo: los ecos vacíos de los muertos. Para los pocos transeúntes que pasaban por allí en ese momento, aquello no era más que un gato estirándose o bostezando, pero para Ethan fue algo terrible. El sonido que salió de las fauces abiertas del animal reverberó en el alma de Ethan, estremeciéndole de tal manera que no pudo más que huir hacia su casa, asustado como un niño. Abigail, después de aquel despliegue de poder, observó al gato como si se tratara de una cabeza nuclear a punto de estallar.

—¿Qué ha pasado? —preguntó la joven.

—Le tenemos —dijo Camille satisfecha—. Eso es lo que importa.

Ambas miraron hacia la puerta abierta de la casa de Ethan. Más allá se apreciaba la oscuridad del interior.

—¿Qué es lo que ha hecho el gato? —insistió Abigail.

Camille contestó con la mirada fija en la casa.

—Pese a lo que pueda parecer, no se trata de ningún grito. El gato ha abierto la boca, pero lo que hemos escuchado es el ruido del inframundo. Es el eco vacío de los muertos.

—Pero a nosotras no nos ha afectado y también hemos escuchado ese eco —dijo Abigail.

—Hay una razón muy sencilla. Ethan todavía está vivo y su alma no conoce nada del Umbral.

—¿Qué es lo que hace ese sonido?

Camille asintió con gravedad mientras se acercaba a la puerta de la casa.

—Imagínate que te arrancaran los párpados y que nunca pudieras dejar de ver lo que te rodea. Algo así ha experimentado el alma de Ethan.

Abigail tenía más preguntas, así como un millón, pero vio conveniente no perder más tiempo. No importaba lo que Camille le dijera. Cada respuesta originaba otras pocas preguntas.

—Vamos a terminar con esto de una vez —dijo Camille. Abigail, todavía invadida por las dudas, la seguía de cerca.

—¿Por qué no hizo eso con los esbirros o con el propio Cerbero? —preguntó Abigail refiriéndose al gato.

—Los esbirros solo escuchan a su amo. Además, muchos han perdido funciones básicas, tales como sentir miedo o diferenciar el bien del mal. El gato no hubiera conseguido nada, ni tampoco con el propio Cerbero. Solo afecta a las almas de los vivos.

Abigail se detuvo en seco.

—¿Y qué ocurre con los vecinos que lo hayan escuchado? Todo Ossining estará traumatizado.

Camille le restó importancia a la cuestión.

—El contacto visual es indispensable para que una persona con vida escuche el grito. Pero ahora olvida eso, tenemos que concentrarnos en lo verdaderamente importante.

Estas palabras de Camille precedieron la entrada en la residencia de los Right. Tras dejar atrás el cuerpo inconsciente del detective, encontraron a Ethan sentado en un rincón de la cocina. Su aspecto distaba mucho del de un despiadado asesino, aunque Camille sabía que acababa de experimentar una sensación demasiado intensa, algo para lo que ningún humano está preparado. Tenía la cabeza colocada entre las piernas y de sus ojos caían unos hilos de lágrimas. El temblor todavía persistía en su cuerpo.

—¿Quiénes sois? —preguntó en voz baja, cerciorándose al mismo tiempo de que el gato no había entrado en la casa. Camille sintió un poco de lástima por él. Ethan jamás podría olvidar lo que había escuchado esa mañana, pero tampoco encontraría las palabras adecuadas para describirlo.

—Tranquilo. No te pasará nada. Solo necesitamos que contestes a unas preguntas. Después de eso nos marcharemos y te dejaremos tranquilo. Te doy mi palabra —dijo Camille.

—¿Tu palabra? —susurró—. ¿Qué diablos le habéis hecho al policía?

Abigail y Camille dedicaron una breve mirada al cuerpo inconsciente que había junto a la puerta.

—Se desmayó sin más.

—Claro.

—Verás, Ethan —continuó Camille—. Hay cosas que es mejor no escuchar. Así evitas problemas.

Ethan la miró totalmente derrotado. La alusión sonaba a amenaza. No sabía lo que le había ocurrido. Tan solo era consciente de que el gato se había detenido delante de él. Lo siguiente que recordaba era un miedo infinito, palpable en el aire como una horrible fragancia. Tal era su pánico que ni siquiera era capaz de preguntar qué había ocurrido.

—¿Qué quieres saber? —dijo con la voz rota por el llanto.

Abigail no pudo soportarlo más.

—¿Asesinaste a Abigail Thompson?

Ethan se secó las lágrimas que se deslizaban por sus pómulos y después asintió levemente. La joven sintió un escalofrío. Su asesino estaba ahí, a un par de pasos de ella. Camille tenía razón.

—Cuéntanos todo lo que ocurrió. Después nos marcharemos y no volverás a vernos —dijo Camille. Ethan la miró y volvió a agachar la cabeza.

CAPÍTULO 35

ERA UNA NOCHE AGRADABLE. Abigail se había pasado todo el día trabajando y pensó que salir a hacer un poco de deporte era la mejor manera de descargar la tensión acumulada del día. A veces leer un libro o ver un capítulo de su serie favorita no era suficiente para dejar atrás el estrés.

Corrió varios kilómetros, buscando siempre las calles más tranquilas para evitar verse obligada a bajar el ritmo. Las aceras de las calles principales estaban abarrotadas de gente y cada pocos metros tenía que detenerse para evitar llevarse a alguien por delante.

La última canción de Tylor Swift sonaba en sus auriculares. El deporte y la música la aislaban del mundo. Miró su reloj y comprobó que ya llevaba más de veinte minutos corriendo: era el momento de regresar a casa. Quizás había sido más optimista acerca de sus capacidades, ya que el cansancio comenzaba a acumularse en sus piernas. Decidió entonces atajar por una serie de callejones. No estaban muy bien iluminados y a veces se encontraba con vagabundos, pero valía la pena ahorrarse toda esa distancia.

Así que no dudó en tomar ese camino. Desconocía la

amenaza que se acercaba poco a poco. Decenas de resquicios oscuros quedaban libre de la débil luz de los focos. La brisa silbaba entre las estructuras metálicas de las escaleras de incendios. No era muy tarde, pero la madrugada parecía haberse precipitado por esos callejones.

Mientras avanzaba percibió el resplandor de los focos de un coche a sus espaldas. No obstante no le llamó la atención. Continuó a su ritmo. La oscuridad regresó. El coche debía haber continuado su camino. Sin embargo, no era así. Simplemente había apagado sus luces.

La música que Abigail escuchaba la aislaba de todo lo que sucedía a sus espaldas. Todo transcurrió en absoluta normalidad hasta que percibió un sonido constante bajo la música que escuchaba. Se había equivocado. El coche no se había marchado, sino que se había acercado a un escaso metro de ella.

No tuvo tiempo para reaccionar. La persona que conducía el coche se bajó a toda velocidad y fue hacia ella. Sus rasgos estaban difuminados por la oscuridad, pero así pudo ver su rostro antes de que todo se volviera oscuro para siempre…

CAPÍTULO 36

—Hay una explicación para lo que le hice a esa joven. No soy un asesino. Todo empezó hace muchos años. Mi hermano Howard había ahorrado durante mucho tiempo para poder comprarse una motocicleta. Cuando salía del instituto, se iba a las granjas colindantes y se pasaba las tardes enteras trabajando por unos pocos dólares. No le importaba nada que no fuera conseguir el dinero suficiente, era su prioridad. Después de un año, mi padre consiguió una moto de segunda mano que enamoró a Howard desde el primer momento que la vio, además costaba la mitad. Se volvió loco. Gran parte de la mitad ahorrada se la gastó después en gasolina.

»Utilizaba la moto para ir a cualquier parte. Podía pedirle que me llevara a donde fuera y él aceptaba. Siempre me decía que un día quería atravesar la ciudad, pero yo le contestaba que el tráfico era horroroso y que borrara esa idea de su cabeza. Era joven. La moto era una tartana que no alcanzaba más de sesenta kilómetros por hora, pero para él era algo increíble.

»Una tarde nos invitaron a una fiesta. No estaba muy lejos, solo a un par de kilómetros. Por supuesto, Howard se empeñó en ir en moto. Todavía no teníamos edad para beber, así que mis padres no pusieron inconveniente. Pasamos una gran tarde. A la vuelta regresamos por la carretera 47. Howard la conocía muy bien, por lo que yo estaba tranquilo. Por esos años era una carretera mucho más peligrosa, con curvas cerradas y árboles mal talados que se echaban encima de la vía y enturbiaban la visión; apenas había farolas que iluminasen el camino. Pero, como ya he dicho, Howard la conocía a la perfección. Era capaz de recorrerla con los ojos vendados.

»Fue entonces cuando ese coche, ese gigantesco coche utilitario se nos echó encima. Avanzaba por el carril contrario. La mala suerte quiso que nos lo encontrásemos en mitad de una curva ciega. Howard reaccionó y giró para esquivar el impacto, pero el coche iba demasiado deprisa. Nos llevó por delante. El destino, la suerte o como quieran llamarlo hizo que yo cayera sobre la hierba y saliera prácticamente ileso. Howard, en cambio, impactó de lleno en el parachoques y voló hasta estrellarse en la carretera. Aún recuerdo ese sonido: el de sus huesos al quebrarse. Después escapó de sus labios un gemido y falleció. Al menos no fue consciente del lamentable estado en el que había quedado su cuerpo.

»Nada más verlo supe que estaba muerto. Me quedé de pie junto a él. Fue entonces cuando se bajó del coche ese hombre. Apenas podía dar un par de pasos seguidos, apestaba a alcohol. Me pidió disculpas, se arrodilló ante mí y me dijo que él solucionaría todo aquello. Yo era muy joven y supongo que estaba en *shock*. Sin embargo, cuando llegó la policía, cambió su discurso. Culpó a mi hermano de conducir como un loco y de no poder hacer nada por evitar el accidente. Ahí fue cuando estallé, pero no me creyeron: lo sencillo fue echarle la culpa al joven que estaba aplastado en la carretera. En ese momento, prometí que me vengaría de aquel hombre aunque me costase la vida.

CAPÍTULO 37

—¿Quién era ese hombre? —preguntó Camille.

—Patrick Thompson.

Camille observó a Abigail, que a su vez miraba a Ethan totalmente perpleja. La verdad estaba siendo absorbida por el alma de la joven, pero todavía necesitaba cierto tiempo para asimilarla del todo.

—¿Por qué dejaste pasar tanto tiempo? —preguntó Camille.

—Mi situación familiar se degeneró rápidamente. Mi padre intentó suicidarse en varias ocasiones, creía que era el culpable de lo ocurrido por encontrarle la moto a mi hermano, por permitirle utilizarla siempre que quisiera. Tuvimos que ingresarlo en un centro psiquiátrico. En cuanto a mi madre, fue de depresión en depresión hasta que falleció. Durante todos estos años he tenido que hacer frente a muchos gastos, ya que ninguno de ellos estaba en condiciones de traer un sueldo a casa. Apenas he podido hacer otra cosa que no fuese trabajar y cuidar de ellos.

Camille guardó unos segundos de silencio. Era su manera de mostrar respeto por lo sucedido.

—¿Ellos te creyeron? ¿Culparon a tu hermano del accidente? —preguntó cuando consideró que había pasado el tiempo suficiente.

—Se culparon a ellos mismos y perdieron la cabeza. Nunca aceptaron la muerte de Howard. Tampoco permitieron jamás hablar del tema.

Abigail derramó las primeras lágrimas.

—Por eso mataste a Abigail Thompson —afirmó Camille. Él asintió levemente.

—Mi padre falleció hace pocos meses. Desde entonces, he buscado sin descanso a ese hombre. Tuve noticias de que ya había fallecido, pero eso no saciaba mis ganas de venganza. Quería que su familia sufriera, que enloquecieran de dolor como lo hizo la mía. Por casualidad supe que tenía una hija y consideré que su muerte podría equilibrar la balanza.

—Era inocente, Ethan —dijo Camille—. Abigail debía ser una niña cuando ocurrió el accidente. No tenía nada que ver.

—¡Igual que mi hermano! ¿Es que acaso su vida valía menos? Estamos hablando de justicia, de pagar el dolor causado con el dolor propio.

Abigail sollozó y Camille la miró de reojo.

—Continúa, por favor —le pidió Camille. Ya faltaba muy poco y no quería que Ethan se alterara más de lo normal.

—Espié a la joven durante semanas y lo planeé todo. Sabía que me arriesgaba a que la investigación policial llevara hasta mí, pero lo asumí. La joven salía algunas noches a hacer deporte. Había momentos en los que atravesaba calles solitarias. Solo tenía que esperar el momento adecuado. Esperé que regresara a casa, supuse que iría más cansada. Me abalancé sobre ella y le golpee la cabeza contra el suelo. Apenas le dio tiempo a gritar antes de perder el conocimiento. Después la introduje en el maletero y la saqué de la ciudad. Fue entonces cuando acabé con ella. Aparqué el coche en una zona apartada, abrí el maletero y comencé a lanzarle puñaladas. No sé si recuperó la conciencia, en todo caso se desangró muy rápido. No creo que ella llegara a entender lo que estaba ocurriendo. Después fui hasta la carretera 47 y la dejé en la cuneta.

Camille afinó los ojos.

—Por eso tu coche no está aquí.

—Limpié gran parte de la sangre, pero no pude quitarlo todo, así que dejé el coche para que le dieran una limpieza a fondo. No es nada fuera de lo normal. Algunas veces voy a cazar al norte y llevo las piezas en el maletero. El resto, y sea lo que sea que haya pasado esta mañana, ya lo saben. De lo que no tengo ni la menor idea es de lo que le ha pasado al detective. No quiero cargos de regalo.

Camille asintió y se giró hacia Abigail. Estaba llorando sin consuelo e incluso le temblaban las manos, pero lo habían conseguido. El ente que cubría su alma poco a poco se desvanecía. Ethan observó atónito como el hombre de cincuenta años que tenía enfrente desaparecía de repente.

—¿Qué está pasando? —preguntó Ethan. Camille se acercó a él y, con cautela, le puso la mano en el hombro. Cediéndole parte de su poder, hizo que él pudiera ver con sus propios ojos el alma de Abigail, la imagen eterna de la joven, que estaba preparada para cruzar el río. Cuando Ethan vio la imagen de la joven a la que había asesinado, se quedó boquiabierto.

—No puede ser… —susurró.

Abigail experimentó en ese momento una paz y un bienestar que jamás había conocido. Ethan, deslumbrado por aquel rostro iluminado, se postró en el suelo:

—¡Oh, Dios! Perdóname. Dios santo, ¿qué he hecho?

Abigail miró a Ethan y, asintiendo con la cabeza, le dijo:

—Estamos en paz.

Ethan no pudo articular ni una palabra más, pero movió la cabeza de arriba abajo. Segundos después, perdió el conocimiento.

—Suele pasar —dijo Camille sin darle mucha importancia—.

Lo extraño es que no le haya sucedido antes con todo lo que ha visto. Cuando despierte, tendrá preguntas en vez de sangre.

—Camille, ¿lo hemos conseguido?

Esta se giró.

—Lo has conseguido, Abigail. Tu alma ha encontrado todas las respuestas. Estás lista para regresar al Umbral y cruzar el río.

Abigail asintió sin poder borrar la sonrisa de su rostro. Su alma estaba iluminada con la gracia de la verdad, emanando una luz que trascendía más allá de su figura. Sin embargo, no pudo evitar mirar con cierta lástima al cuerpo inconsciente de Ethan.

—¿Qué ocurrirá con él?

Camille se encogió de hombros.

—Ese asunto pertenece al Mundo de los Vivos. Pese a lo traumático de su historia, no deja de ser un asesino, Abigail. Por no mencionar que hay un detective sin conocimiento en su vestíbulo. Tendrá que afrontar las consecuencias de sus actos. Simplemente eso. No somos justicieros ni nada por el estilo.

Abigail se fijó entonces en el resto de la casa. Las señales de la lucha con Cerbero eran evidentes. Llamaba la atención el abombamiento que había en una de las paredes y la silla hecha pedazos junto a la puerta.

—¿Qué dirán que ha ocurrido aquí? —preguntó Abigail.

—Eres una joven muy curiosa. No te preocupes. Los humanos siempre encuentran una explicación racional para todo. Lo harán también en esta ocasión. —Después de dar un par de pasos, Camille se detuvo—. Olvidaba que llevaba la pistola del detective. La dejaré en su sitio y nos iremos. No creo que el detective tarde mucho tiempo en despertarse. No conviene que estemos aquí para entonces.

Se disponían a salir cuando, de repente, Camille se echó las manos a la cabeza.

—Todavía llevo encima el informe de tu caso, Abigail.

—¿No me lo puedo llevar de recuerdo?

—Muy graciosa —dijo Camille mirando a su alrededor—. Me desharé de él más adelante. No tiene ningún sentido que lo deje aquí.

CAPÍTULO 38

Las dos mujeres salieron de la casa y caminaron hasta un pequeño parque que había no muy lejos de allí. El sol, cada vez más alto, regalaba una luz espléndida aportando color al nuevo día.

—Nunca me he sentido así. Es...

—Inexplicable —dijo Camille—. Tu alma está en paz y ha alcanzado la plenitud. Un alma plena no sufre ni teme. Solo es gozo, como una moneda de una sola cara.

Abigail sonrió embriagada de emoción.

—Siempre pensé que la muerte era el fin, que una vez cerrados los ojos las luces se apagaban, y fíjate —dijo la joven—. Nunca me he sentido tan viva.

—La forma de pensar que tenéis los vivos facilita las cosas. Ateos, científicos, hombres de Dios, la persona más sabia o la más ignorante, ninguno conoce nada de lo que tú has vivido. El desconocimiento y el miedo provocan que busquéis a la desesperada cualquier teoría.

—¿Nadie sabe de la existencia del Umbral, el río y todo lo demás?

—Algunas personas sí que tienen un don y pueden comunicarse con nosotros o ver las almas que vagan por su mundo. Pero esta revelación tiene un precio: no suelen ser personas muy sociales y, desde luego, jamás las toman en serio. Están estigmatizadas.

—Es difícil creer en todo esto —dijo Abigail.

—En eso tienes razón.

—Por cierto, ¿nos veremos al otro lado?

—Me temo que las cosas no funcionan así.

Abigail apretó los labios.

—Entonces nunca te olvidaré, Camille.

Esta torció el gesto.

—Me temo que sí, Abigail. En cuanto regreses al Umbral, no recordarás nada de lo que has vivido conmigo, y aunque me vieras, no me reconocerías.

Una breve decepción tomó el rostro de la joven, aunque se recompuso rápido.

—¿Vendrás a verme al otro lado? —preguntó.

—Nadie que cruce el río puede regresar, ni siquiera yo.

Los siguientes minutos caminaron en silencio, adentrándose en un parque que tenía un pequeño lago en el centro. Debían ser las primeras visitantes de aquel día. En el ambiente se percibía aún la humedad y la quietud de la noche. En el césped relucían las gotas de rocío bajo los rayos del sol.

—¿En qué estás pensando? —preguntó Camille observando a Abigail de reojo. Esta sonrió ante la certeza de sus palabras.

—En Ethan. Cuando se despierte y cuente todo lo que ha visto, ¿qué ocurrirá?

Camille movió la cabeza de un lado a otro sin darle mucha importancia.

—¿Qué crees que ocurrirá cuando un sospechoso de asesinato comience a hablar de gatos mágicos o de haber visto al fantasma de la joven que él mismo asesinó? Lo único que conseguirá es que le realicen pruebas psicológicas para asegurarse de que no se ha vuelto loco. Puede que incluso le sirva como atenuante en el juicio.

—¿Y el detective Harris? Él vio a Cerbero justo antes de desmayarse —insistió Abigail.

—Los trozos de silla que hay a su alrededor son suficientes para que crean que le golpearon. Seguramente la culpa también caerá sobre Ethan, aunque es posible que, si el detective menciona que él vio a otro hombre, se enfoquen en su búsqueda, la cual jamás dará resultado. También buscarán a la investigadora privada Sarah Highway, a ti, o más bien, a la imagen de tu ente.

Abigail estaba sorprendida por cómo todas las piezas iban encajando. Las palabras de Camille le hicieron preguntarse cuántas historias tomadas por pura fantasía habían sido ciertas en realidad. Recordó a un chico de su clase, cuando apenas tenía siete años, que afirmaba que un niño lo perseguía en el recreo, que quería jugar con él. La cosa fue a más, ya que su amigo apenas podía hacer nada cuando ponía los pies en el patio. Abigail y el resto se reían de él, ya que nadie más veía a ese supuesto niño y creían que estaba loco. Su compañero se acabó cambiando de colegio. En ese momento tuvo la certeza de que tenía razón.

Caminaron hasta un banco y se sentaron frente al lago. Los rayos de sol incidían en la superficie, regalando infinitos tonos de colores que se entremezclaban con las hojas de los árboles.

—Esto es precioso —dijo Camille—. Si hay algo que me gusta del Mundo de los Vivos son precisamente estos momentos, el derroche de vida, la fuerza del latido frente al silencio de la muerte.

Abigail suspiró.

—Supongo que lo echaré de menos.

—Seguro.

—Camille, ¿qué hay al otro lado del río?

Camille miró a la joven y esbozó una sonrisa.

—Desde la otra orilla solo se puede ver un intenso resplandor. Es como un amanecer perpetuo. Pero no puedo decirte qué hay, pues no lo sé. Nadie lo sabe.

—Lamento que tenga tantas preguntas. Me siento como en el primer día de colegio.

—No te preocupes.

Dicho esto, miró el reloj. Había llegado el momento. No le hizo falta agregar nada para que Abigail lo comprendiera. Se incorporaron y se cogieron de la mano.

—¿Qué tengo que hacer ahora? —preguntó Abigail.

—Aún llevas el frasco de hydor contigo —dijo Camille señalando hacia su cuerpo. Abigail se sorprendió.

—Pero ¿cómo es posible? Quiero decir, el ente…

Camille levantó las manos para pedirle calma.

—No es un frasco con agua común. Proviene del Umbral y, por lo tanto, puede ser utilizado por las almas sin la necesidad de un ente. El frasco de hydor te mantiene en este mundo. En cuanto me lo entregues, partirás.

Abigail asintió y sostuvo el frasco en sus manos. En ese instante apareció el gato, avanzando sinuosamente hacia Camille, que lo cogió en brazos.

—No sé cómo agradeceros todo lo que habéis hecho por mí —dijo Abigail.

—No lo habríamos conseguido sin ti. Has sido muy valiente.

La joven asintió y apretó el frasco una última vez entre sus manos antes de tendérselo a Camille. Esta extendió la mano y se las estrecharon alrededor del frasco de hydor.

—Has sido mi ángel, Camille.

—Ve en paz, Abigail.

Fue entonces cuando la joven soltó el frasco. Su figura permaneció intacta un par de segundos, luego comenzó a desvanecerse hasta desaparecer por completo. Camille observó unos instantes el lugar que había ocupado Abigail y después se dejó caer de nuevo en el banco. Sabía que debía regresar al Umbral cuanto antes, pero consideró que podría disfrutar unos minutos más de aquellas vistas.

CAPÍTULO 39

A TRAVÉS de la misma puerta por la que habían entrado al parque Camille y Abigail, ingresó también minuto después un hombre bastante mayor que lucía un grueso abrigo que lo envolvía por completo y un sombrero cuya ala caía sobre su rostro. Tan solo quedaba a la vista sus labios, en los que mantenía siempre una agradable sonrisa.

Caminó despacio por el sendero que conducía hasta el lago. Mientras avanzaba, miró hacia arriba y se recreó con las ramas de los árboles, que formaban una especie de techo natural que los rayos del sol atravesaban tímidamente a aquella hora.

—Bonito paisaje, sin duda —dijo el hombre.

Se fijó también en un par de ardillas que correteaban entre los árboles, así como en un par de pájaros que comenzaban a echar el vuelo. Respiró hondo y saboreó el olor del rocío y de la vegetación. Le resultaba especialmente embriagador.

Al fin, sus pasos lo condujeron hasta el banco donde se encontraba Camille. Esta disfrutaba del sol con los ojos cerrados y un gato en su regazo. El hombre sonrió, ya que los conocía a ambos. Se acercó hasta allí y se detuvo a un par de pasos. Le llamó la atención la forma en que los rayos del sol atravesaban el cuerpo de Camille, como si esta no estuviera allí.

—¿Podría enseñarme el truco para no tener sombra? — preguntó el hombre. Camille, sin alterarse, abrió los ojos y los volvió a cerrar en cuanto reconoció la figura que le hablaba.

—En cinco minutos estoy con usted —contestó Camille. El gato, incómodo por la interrupción, se ovilló en el regazo de la mujer buscando una postura más cómoda.

—Lamento mucho incordiaros.

—Lo soportaremos —dijo Camille.

El hombre se acercó un par de pasos y señaló el reloj de Camille.

—Sabes que no puedes quedarte en el Mundo de los Vivos sin nada que hacer. Son las normas, Camille. Has de regresar al Umbral.

Camille abrió los ojos y asintió. Después se echó a un lado para que el hombre se sentara. Este se sentó y sacó al mismo tiempo una pipa de tabaco, que prendió con un chasquido de dedos.

—¿Qué sentido tiene todo esto? Es como un caudaloso río que desemboca en una cascada de muerte. No sé si me explico.

—Te explicas muy bien, Camille. Sé perfectamente lo que quieres decir. Pero has de recordar que todo tiene su proceso, su tiempo y su maduración. Sin el Mundo de los Vivos, que te parece efímero, no sabríamos qué almas tienen el derecho de cruzar el río y cuáles han de vagar eternamente —dijo envolviendo sus palabras con humo.

—En el fondo, lo sé, pero a veces tengo la necesidad de cuestionármelo todo.

El hombre le cogió una de las manos.

—Quienes ansían la verdad no cesan en su búsqueda, y a veces hay que buscar en lugares oscuros o donde ya habíamos buscado antes. Lo importante es que sepas distinguir la realidad de la apariencia.

Camille sonrió orgullosa.

—Por cierto —continuó el hombre—, he oído que el perro ha salido escaldado.

Ella soltó una carcajada.

—No me ha quedado más opción. Ya sabes que a veces no entra en razón.

—Sí, le conozco. Hay otra cuestión que me gustaría mencionarte. Es acerca de Howard Right, el hermano de Ethan. Al parecer ha quedado claro que el joven fue inculpado injustamente. Lleva demasiado tiempo buscando a su hermano. Es hora de que descanse.

—Yo misma me encargaré. Tengo todos los detalles de la historia, por lo que me resultará más sencillo que lo asimile. Lo traeré de vuelta al Mundo de los Vivos y conseguiré la manera de que pueda ver a su hermano. Eso será suficiente.

—Sabía que podía contar contigo.

—Ahora tengo yo una pregunta —dijo Camille—. ¿Sabes qué fue de Richard Norton?

El hombre apuró una calada y expulsó el humo.

—El hijo del juez, si no me equivoco, ¿es así?

Camille indicó que así era.

—Bueno, podríamos decir que las manzanas no suelen caer muy lejos del árbol. Richard Norton vive en Europa. Cuando falleció el juez, no tardó mucho en vaciar una de las cuentas bancarias depositadas por su padre en un paraíso fiscal y desaparecer del mapa con más de veinte millones de dólares. Todo eso de la venganza no fue más que una distracción para poder sacar el dinero sin problemas.

—Muy hábil —dijo Camille—. Por eso no había rastro de él por ninguna parte.

—Desde luego. En fin, es el momento de regresar —dijo el hombre mientras apagaba la pipa y la guardaba en el bolsillo—. No deberías tardar mucho, Abigail.

—Descuida.

El hombre se despidió y se encaminó por el mismo sendero por el que había venido. Sin embargo, tan solo después de unos pocos pasos, se detuvo y se giró hacia Camille.

—Tengo algo más que decirte —dijo él.

—¿De qué se trata?

El hombre suspiró.

—Han encontrado a uno, Camille.

Estas palabras provocaron que ella se levantara de súbito con el rostro compungido.

—¿Dónde ha sido?

El hombre le indicó que se calmara.

—Ya me estoy encargando de eso. Solo quería que lo supieras. Tu deber ahora es ayudar a Howard Right. Confío en que lo harás.

Camille hizo un esfuerzo y pudo controlarse.

—Por supuesto. Ayudaré al alma del muchacho a cruzar el río. Pero después...

—Después hablaremos, ¿de acuerdo? Tú mantente centrada.

—Descuida.

—Por cierto, aún llevas el informe policial contigo. No olvides deshacerte de él.

Camille se palpó el bolsillo. En efecto, allí se encontraba el documento.

—Ahora mismo lo haré.

—Bien. Nos veremos dentro de poco.

Dicho esto, el hombre comenzó a caminar hasta que su cuerpo desapareció de repente. Camille lo observó y después, aprovechando que no había nadie más allí, arrojó el informe a una de las papeleras. Tenía cosas más importantes de las que preocuparse. Presa de los nervios, comenzó a caminar de un lado a otro.

Finalmente, se detuvo y contempló el horizonte que se dibujaba más allá del lago, donde se vislumbraban los edificios más altos de la ciudad.

—¿Dónde estás?

FIN

Camille regresa en la segunda novela de la serie: *¿Cómo me vengaré?*. Obtenla aquí:
https://geni.us/ComoMeVengare

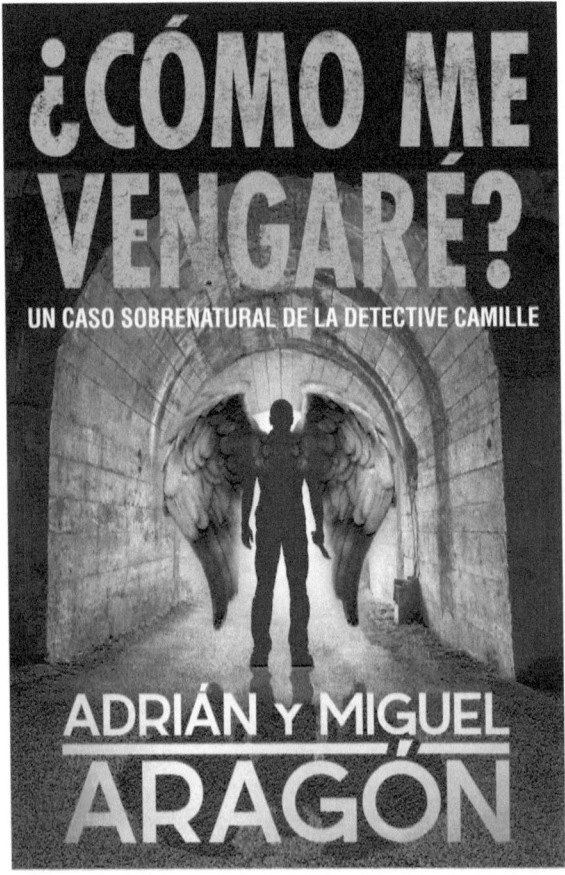

Puedes encontrar todos los libros de la serie *Camille* en este enlace:

https://geni.us/SerieCamille

NOTA DE LOS AUTORES

La mejor recompensa para nosotros como escritores es que tú, estimado lector, hayas disfrutado de la lectura de esta novela. La mejor ayuda que como lector nos puedes ofrecer es brindarnos tu opinión honesta acerca de ella.

Para nosotros es sumamente importante tu opinión ya que esto nos ayudará a compartir con más lectores lo que percibiste al leer nuestra obra. Si estás de acuerdo, te agradeceremos que publiques una opinión honesta en la tienda de Amazon donde adquiriste esta novela. Nosotros nos comprometemos a leerla.

Si deseas leer otra de nuestras obras de manera gratuita, puedes suscribirte a nuestra lista de correo y recibirás gratis una copia digital de *Emboscada*: Max Cornell *thrillers* de acción. Así mismo te mantendremos al tanto de nuestras futuras publicaciones. Suscríbete en este enlace:
https://www.autopublicamos.com/emboscada

Finalmente, si deseas contactarte con nosotros puedes escribirnos directamente a adrian@autoresaragon.com.

Nuestros mejores deseos,
Adrián y Miguel Aragón

amazon.com / author / autoresaragon

goodreads.com / autoresaragon

instagram.com / autoresaragon

facebook.com / autoresaragon